Irina Liebmann
Die freien Frauen

Roman

Schöffling & Co.

Erste Auflage dieser Ausgabe 2021

Die Erstausgabe erschien 2004 im Berlin Verlag.
Satz: Fotosatz Amann, Memmingen
Druck & Bindung: Pustet, Regensburg
ISBN 978-3-89561-259-6

www.schoeffling.de
www.irina-liebmann.de

Dieser Roman antwortet auf Jiri Kratochvils Roman:
Unsterbliche Geschichte oder Das Leben der Sonja Trotzkij-Sammler.
Hauptfigur des Buches von Jiri Kratochvil ist die hundertjährige Sonja Trotzkij-Sammler, die darin in annähernd märchenhafter Weise ihr eigenes Leben erzählt.

Alle Orte, von denen der Leser auf den folgenden Seiten erfahren wird, sind wirklich und können heute, im Frühjahr 2004, immer noch aufgesucht werden. Alle Personen und ihre Handlungen dagegen sind Gebilde der Fantasie.

Am 28. Februar 2000 schneit es über Berlin. Der Wind treibt den Schnee hoch und runter über den Hackeschen Markt und die S-Bahn-Gleise am Bahnhof. Unter den Gleisen ist ein Durchgang zur schöneren Seite Berlins, darin stehen Leute aneinandergedrängt, weil es so zieht und der Schnee bis hier reinweht, wo ohnehin schon alles nass ist. In der Straßenzeile gegenüber fällt ein altes, grünliches Haus auf, darin ist ein Fenster erleuchtet, dahinter ein Schreibtisch, daran eine Frau.

Diese Frau heißt Elisabeth Schlosser, und sie schreibt einen Brief.

Draußen schneit es und schneit. Die Menschen, die in dem S-Bahnhof stehen, zögern, das Pflaster zu betreten, sie halten sich eine Minute vielleicht oder zwei noch im Durchgang auf, sie warten, aber sie warten vergeblich, es schneit in Berlin, und es wird weiterschneien. Dunkel und wolkenverhangen wird Berlin sein in diesen Tagen, und die Frau oben schreibt und wird weiterschreiben, so wichtig ist ihr dieser Brief.

*

Liebe Sonja Trotzkij-Sammler!

Gestern in einer Buchhandlung konnte ich nicht anders, als ein gewisses, mir gänzlich unbekanntes Buch aufzuschlagen, von dem ich noch niemals gehört hatte, und wie sich herausstellte, enthält es den Roman Ihres Lebens.

Seit gestern mache ich nichts anderes, als dieses Buch zu lesen, und es versetzt mich in solche Aufregung, dass ich

mir keinen anderen Weg weiß, als Ihnen mit einem Brief zu antworten, und dieser Brief wird, so fürchte ich, lang werden.
Denn es gibt einiges, was uns verbindet, und das sind nicht nur die grausigen Zeiten, die hinter uns liegen, die russischen Steppen und mährischen Wälder, nicht nur die Städte Prag, Wien oder Brünn, nein, es ist tatsächlich Familie und noch etwas anderes, wofür es gar keine Worte gibt, wie ich bisher glaubte, und wovon zu reden mir aus diesem Grunde bisher nicht möglich war, bis ich Ihren Bericht las, und der hat meine Zunge in einem Maße gelöst, wie ich es in diesem Augenblick noch nicht überschaue.
Nun also, wir kennen uns nicht und werden uns wohl auch so schnell nicht kennenlernen. Denn obwohl man heutzutage nur wenige Minuten braucht, um sich von einer beliebigen Stelle der Welt zu einer anderen hinüberwuchten zu lassen – was würde es uns helfen, einander gegenüberzustehen? Sie, eine Hundertjährige, und ich, nur halb so alt, also eigentlich noch jung, aber steif und festgefahren in meinen Gewohnheiten.
Wenn Sie wüssten, wie glücklich ich war, von Ihnen zu hören! Wenn Sie wüssten!
Ich las Ihren Bericht im »Café am Steinplatz« in Westberlin, und noch beim Lesen – ich war bereits an der Stelle, wo Sie sich mit Ihrem niemals sterbenden ewigen Geliebten Bruno Mlock in Gestalt eines Panthers in der Brünner Oper befinden und dazu hinreißen lassen, in den Gefangenenchor von *Nabucco* einzustimmen, und zwar auf Italienisch – da ließ ich das Buch sinken und sah in die Runde.

Es war nicht das erste Mal, dass ich in diesem trüben Café saß, das ja eine Attrappe ist, man sitzt in Wirklichkeit auf der Straße, denn es sind nur ein paar Glasscheiben um einen herum aufgestellt und eingerahmt – da sah ich also in die Runde, ich sah die Kellner an der Bar sich langweilen wie immer, und Buster Keaton auf dem riesigen Foto über dem Tresen sah mich noch genauso an wie bei meinem ersten Besuch hier im Westen, als ich meinen Reisepass alle paar Minuten erfühlte im Brustbeutel unter dem Pullover, ganz genauso sah er mich an, aber ich, mit Ihrem Bericht auf dem Schoß, konnte auf einmal mein ganzes Leben überblicken, alle Wege, die mich dorthin geführt hatten, dorthin, auf diesen Holzstuhl neben einer Glasscheibe, und dieser, mein neu gewonnener Rundumblick, kam wie eine Übelkeit tief aus dem Bauch, er hebelte mich regelrecht heraus aus diesem Etablissement – und nun sitze ich an der Schreibmaschine und wende mich an Sie.

Sonitschka! Ihr Sohn hat sich der Spionage ergeben. Weit weg von uns, in Tibet, mäht er das Gras und ruft Sie nicht an. Mein Sohn aber, Sonitschka, spricht nicht mehr mit mir. Er spricht mit den Kümmelkörnern auf den Brotkrusten, er krümelt sie ab, vertauscht sie und klebt sie in geheimnisvoller Reihenfolge mit Spucke wieder an.
Was kann man tun?
Wir beide, Sonitschka, unterscheiden uns in vielem, aber einiges verbindet uns, unter anderem das: Wir haben nicht viel Zeit. Von Kümmel allein kann kein Mensch leben, aber mein Sohn isst nicht einmal diesen. Und Sie, die Hun-

dertjährige, befinden sich auf der Reise nach Zürich, wie ich gelesen habe?
Sonja, reicht Ihre Zeit dafür aus? Wie lange soll die Abwesenheit denn dauern, von Ihrer Vaterstadt Brünn? Sie wird Ihnen nicht hinterherkommen, fürchte ich.
Alles können Sie mir erzählen, und ich nehme Ihnen alles ab, alles, Bruno vor allem, den unsterblichen Liebhaber, den unsichtbaren, aber dass Sie Brünn verlassen wollen, das nehme ich Ihnen nicht ab.
Denn sehen Sie, sogar ich, so alt oder jung, wie ich bin, weiß doch genau, dass mein Großvater mit meinem Vater gleich hier um die Ecke in der Uhlandstraße so die Straßenseite wechselte, eines Sommertages, untergehakt liefen sie beide, mit Hüten auf den Köpfen, und sie hatten große Köpfe, die beiden, sehr große, ich habe sie beerbt und mir passt kein Hut auf Anhieb, und selbst wenn ich lange suche, passt mir doch immer noch keiner, so überquerten sie langsam die Uhlandstraße, wo ja sowieso kaum ein Automobil entlangfuhr, im Jahr 1930, und sprachen über mich, eine Tochter, und wie ich heißen sollte, und es war von Olga die Rede, Olga, jedoch geboren wurde ich erst viel später, vierzehn Jahre später!, und dreitausend Kilometer entfernt von der Uhlandstraße, und mein Name wurde Elisaweta. Aber glauben Sie bitte, auch zu diesem Zeitpunkt habe ich mich immer noch nach der Uhlandstraße gesehnt. Leider: ich wusste es nicht. Übrigens habe ich auch einen Eisenbahner in der Familie, so wie Sie.
In meinem Fall ist es der Großvater mütterlicherseits, der sein Leben lang nichts anderes machte, als mit der Eisenbahn zu fahren, und nicht mit irgendeiner, sondern mit der

Transsibirischen Eisenbahn, er fuhr von Omsk bis Wladiwostok und von Petersburg bis Mandschukuo, allerdings nicht als Lokomotivführer wie Ihr Vater, sondern als Sicherheitsinspektor, aber davon später.
Aus mir selber ist kein Sicherheitsinspektor geworden, sondern eine Dramatikerin. Die Theater lassen sich meine Stücke geben und stopfen sie in die Ritzen ihrer undichten Heizungsleitungen, sie benutzen die Rückseiten meiner Texte als Schmierpapier und Unterlagen für ihre Plastikkaffeebecher, die sonst überall feuchte Ringe hinterlassen würden, aber kann das ein Grund sein, nichts mehr zu essen?
Gestern im »Café am Steinplatz« dachte ich: Ja. Alles ist ein Grund.
Denn alle Wege liefen da zusammen in einem Bündel von Wegen, und nun?
Sie ordnen sich von selber, sie begradigen sich von selber, wenn ich nicht aufpasse, fließen sie zusammen zu einem Strom, einer Schneise, einem lang gezogenen leeren Fleck!
Das ist es, was mich drängt und beflügelt zugleich – sie verschwinden! Wo ich sie gerade erst sah, Sonitschka, mit Ihrer Hilfe, und deswegen, bitte, seien Sie mein Zuhörer, denn nur Sie werden verstehen, was ich erzählen will.

*

So weit Elisabeth Schlosser in ihrem Zwiegespräch mit Sonja Trotzkij-Sammler, aber schon an diesem Punkt wurde Frau Schlosser unsicher und schrieb erst einmal gar nichts mehr.

Sie hatte ja das »Café am Steinplatz« längst verlassen und saß in ihrer eigenen Wohnung am Hackeschen Markt, in einem alten, grünen Mietshaus, das allen Veränderungen ringsherum zum Trotz sich gar nicht verändert hatte, seit der Krieg zu Ende gegangen war. Das grüne Haus war eines der wenigen hier, die nach wie vor nur gleichmäßig und grauenhaft verfielen.

Aus ihrer dritten Etage hatte sie einen Blick auf die S-Bahn-Gleise und alle die Züge, die in den S-Bahnhof Hackescher Markt einfuhren oder herausfuhren, und weil ihr das in der Regel genügte, um zu träumen, genügte es diesmal auch, und von ihrem Schreibtisch aus verfolgte sie die Züge und die Menschen auch, wie sie allein oder in Gruppen aus dem Durchgang unter den S-Bahn-Bögen rannten, schlurften oder hüpften, denn es war kalt draußen.

Was sollten solche Briefe? Sie konnte Frau Trotzkij-Sammler auch ganz einfach gratulieren zu ihrem Buch. Ein schönes, gelungenes Buch.

Der Schutzumschlag zeigte einen Mann neben einem Kinderwagen. Es war ein niedriger, rundlicher Kinderwagen mit kleinen dicken Rädern, wie sie in den vierziger Jahren modern waren.

Elisabeth Schlosser schlug das Buch an der Stelle auf, wo erzählt wird, wie ein gewisser Bruno aus der Wiener Leopoldstadt im Januar 1900 unter das Eis der Donau gerät und ertrinkt, ohne die Erzählerin kennengelernt zu haben, die zu diesem Zeitpunkt in Brünn gerade das Licht der Welt erblickt, aber als sie die Seite umblätterte und über den Rand des Buches sah, schlenderte unten eine Figur aus dem Bahnhof, die sie an jemanden erinnerte. Es war ein Mann.

Er blieb einen Augenblick stehen und schien sogar hochzusehen zu ihrem verkommenen grünlichen Haus, er schien auch zu frieren und zu überlegen, wohin, denn er schlug den Kragen hoch und strich sich sichtlich fröstelnd über den Kopf, aber dann sah man ein leichtes Zittern durch das Körperchen gehen, denn groß und stark war er nicht gerade, dieser Mann, er gab sich einen Ruck sozusagen, drehte sich um und verschwand wieder unter dem S-Bahn-Bogen.
Ob er nun zu der schöneren Seite der Innenstadt laufen wollte, zum Schloss und zur Spree also, oder die Treppen hoch zur Bahn und dann raus aus der Mitte nach Ost- oder Westberlin, wir wissen es nicht, auf jeden Fall – er hatte sich gezeigt, und Elisabeth Schlosser oben, in ihrer Wohnung, hatte es gesehen. Sie schüttelte auf einmal ihren Kopf wie ein wildes Pferd und hieb in die Tasten ihrer Schreibmaschine, ohne alle weiteren Bedenken.

*

Sonitschka!

Auch die Schwächsten kommen durch, daran ist nichts Besonderes. Aber was halten Sie davon, dass es neuerdings wieder schneit?
Den Schnee hatte ich abgeschrieben, ich hatte ihn ganz und gar meiner Kindheit zugeschlagen, den Zugverspätungen im Sozialismus, den vollen Wartesälen damals, und es gab zu dieser Zeit Wartesäle in unseren Bahnhöfen, sie standen jedem offen und sie waren warm, und der Schnee

brachte mir meine Geliebten, wenn ich darauf einmal anspielen darf, auf Ihre ganz schwache Seite, mir brachte der Schnee die Geliebten.

Gestern aber, als ich im »Café am Steinplatz« saß, begann es zu schneien, und nun, wo ich mich daran erinnere und es immer noch schneit, da steht er wieder unten, Sonja.

Mit großem Erbarmen, Sonja, sehe ich ihn wieder die Nase in den Wind stecken. Ja, eine Nase haben sie, wenn sie nichts haben, eine Nase haben sie, sie riechen alles, diese unsterblichen Geliebten.

So stand schon mein Vater da, in Berlin, und wartete, dass ich nun käme. Und wissen Sie, wie ich kam, über die dreitausend Kilometer?

Durch die Luft, Sonja, kam ich, in einer Propellermaschine der Serie RAI, einer Kriegspropellermaschine, und darin etliche russische Offiziere und eine Frau, wunderschön, runde Schultern und Hüften und Taille 50, lag auf dem Boden, denn Sitze, die gab es da nicht, nur Kisten und Seesäcke und eine Decke. Da lag sie und spuckte Papiertüten voll, Zeitungspapiertüten, ja, dieser Engel hat Spitztüten vollgekotzt, denn es fiel ja das Flugzeug andauernd in Löcher, und darum bin ich dem Engel dort auch aus den Händen gefallen, als Kind, und als Kind, da krabbelt man lustig im Flugzeug herum, das keine Sitze hat und keine Gänge, nur vollgehauen ist mit Kisten und Männern, das waren die Offiziere, und die hielten mich dann an das Bullauge ran?

Nein, Sonitschka, in der RAI gab es kein Bullauge, da vorn der Pilot, der saß beinahe im Freien, und Wolken und Nebel sah er ganz alleine, und Luftlöcher, Luftlöcher, es war zu dem Zeitpunkt ja alles zerlöchert, dort unter uns, nichts mehr als Löcher, und der große, der weibliche Engel begann jetzt zu sterben, er raste ja nun aus der Heimat heraus, denn das Irdische an ihm war weiblich und russisch, und er hatte, als er so einfach das Flugzeug bestieg, ja immer noch eine Heimat – gehabt vor Minuten, jetzt nicht mehr, jetzt riss dieses Blechding ihn raus in der Luft, herausgerissen wie bei einer Geburt hat das Flugzeug den Engel, der meine Mutter sein sollte, was unten lag, Polen, das war nicht mehr Polen, was unten lag, Deutschland, das war nicht mehr Deutschland, was unten lag, Grenzen, das warn keine Grenzen, was unten lag, Städte, das warn keine Städte, was unten lag, Brücken, das warn keine Brücken, zuletzt, dieses Trümmerfeld, riesige Trümmerfeld, das war nicht Berlin.

Da war die Stadt flach wie eine Flunder, es fehlte die Höhe, die Größe, die dritte Dimension, die klaren Kanten, die schönen Portale, alles war zerschlagen, zerschossen, der Würfel des Krieges, des Feuers, der Kraft, letzter Kraft, hatte plattgemacht und zusammengeschoben, und wenn auch paar Wände stehen geblieben, paar Fliesen in Hausfluren kleben geblieben waren, paar blaue, paar grüne, paar bunte, als mein Engel aus dem Flugzeug stieg und sein Kind wieder auf dem Arm trug, mich, Sonitschka, da war er nicht mehr derselbe, da hatte er alle Kräfte eingebüßt, den Zauber verloren, alles verloren, und wenn auch die Männer ihm Platz machten in Bewunderung, wenn auch seine Schönheit geblieben war, seine Locken und runden Schultern und Hüften und die Taille von 50 Zentimetern, die Augen, die Augen sahen die Trümmer, die Steine, das Grau ringsherum und begriffen die Stille nicht, dabei war das der *Frieden,* an einem Tag im Dezember im Jahr '45, und der Mann im Anzug mit Hut, der im Flughafen von diesem Stadtteil mit dem Namen Tempelhof herumstand, das war auch ein unsterblicher Geliebter, Sonitschka, aber der gehörte dem Engel.

Und jetzt, Sonja, muss ich Ihnen etwas Wichtiges sagen: Dieser Mann auf dem Umschlag von Ihrem Buch könnte mein Vater sein, damals, im Jahr '45, mit Hut und im Mantel.
Immer wieder betrachte ich dieses Foto, und wenn ich es so anschaue, bin ich ganz nahe an einer Auflösung, denn irgendwas war falsch die ganzen Jahre, ich spürte es selber, an meinen Geliebten spürte ich es, es waren die falschen und wiederum auch nicht, und genauso ist es mit diesem Foto.
Wo zum Beispiel ist meine Mutter? Warum sieht der Mann, der mein Vater sein könnte, so hoch in die Luft, und warum bitte sagt mein Gefühl mir, dass dort in dem Wagen das Kind nur einen Namen haben kann: Olga!
Wie gesagt, ich bin auf den Namen Elisaweta getauft, aber Ihnen muss ich es nicht erklären, was russisches Erbe bedeuten kann in der Welt, in der deutschen zumal, ich habe also, seit ich selber etwas für mich tun konnte, nichts unversucht gelassen, diesen Namen ins deutsche Elisabeth umzuwandeln, alle meine Zeugnisse seit der fünften Klasse tragen bereits diesen Namen. Mit der gleichen Kraft aber, mit der ich das über Jahrzehnte betrieben habe, zieht es mich neuerdings nun auch zurück, aber eben nicht zu

Elisaweta, was ja auch wirklich eine Krücke von Namen ist, wie Sie zugeben müssen, sondern eben zu *Olga.* Auch das Gespräch, von dem ich Ihnen erzählte, diese Überquerung der Uhlandstraße in Erwägung des Namens Olga für mich, eine noch ungeborene Tochter, macht mir seit einiger Zeit zu schaffen.
Hat es diese Olga vielleicht doch gegeben, frage ich mich. Sind es ihre Liebhaber, die mich verfolgen?

Ihrem Buch entnehme ich, dass Ihr Bruno sich gerade wieder in neuer Gestalt angekündigt hat und Sie deswegen auf dem Wege nach Zürich sind. Das heißt, ob wir dreißig sind, sechzig oder hundert, wir haben nur einen Geliebten, und er kommt immer wieder. Sie haben es erlebt, und ich glaube Ihnen. Nun aber – würde er mir wieder erscheinen, die ich ja bald sechzig Jahre alt bin – ich möchte ihm jetzt nicht begegnen.
Denn wenn ich das Foto sehe auf Ihrem Buch und spüre, mit allen Fasern meines Herzens spüre, dass ich es bin, dort in dem Kinderwagen, und wiederum auch nicht, sondern Olga, eine Verwechslung im Grunde, im Grunde der Seele natürlich, im tiefsten Grunde, und für niemanden äußerlich sichtbar, dann verstehe ich, dass wir uns niemals erreichten, mein Geliebter und ich, egal, in welchen Gestalten er es immer versucht hat, und ich kann ihm die Türe nicht öffnen, nicht jetzt, nicht, bevor ich begreife, was geschehen ist und wer ich bin.
Und glauben Sie mir, ich würde ihn gerne erkennen.

*

Als Elisabeth Schlosser so weit geschrieben hatte, sah sie aus dem Fenster. Der Mann blieb verschwunden. Elisabeth Schlosser konnte ihn jedenfalls nicht mehr ausmachen zwischen den Menschen dort unten im Schneefall, ja Schneesturm beinahe, denn das ganze, große Panorama der Stadt war aufgelöst im Weiß, sie sah nichts als Schneeflocken, Schneeflocken, Schnee.

Nach einer Weile hatte sie genug, betrat ihren langen Flur, ging seufzend vorbei an der Küchentür, von wo ein seltsamer, regelmäßiger Klang zu hören war, und das waren die Kümmelkörner, wie sie auf Porzellan fielen, und das war wohl ein Teller auf ihrem Küchentisch, nahm leise, als ob sie den Sohn nicht stören wollte, dort in der Küche, eine Jacke und verließ die Wohnung.

Zog der frische Schnee sie hinaus? Wollte sie auf unberührtem Weiß entlanglaufen, Fußspuren hinterlassen im Park Monbijou, die Erste sein, die über Wege läuft, auf denen sie ja ihr Leben lang herumgetrampelt war, mit Mann, mit Sohn oder alleine, oder war es, um sich ihrer selbst zu versichern, dessen, dass sie noch da war und fest auf der Erde stand, Elisabeth Schlosser? Wir wissen es nicht.

Zwischen den Passanten am Hackeschen Markt war sie schwer zu ermitteln, aber bald durchquerte ihre kleine mollige Figur die Gruppe der Wartenden an der Straßenbahnhaltestelle hinter dem S-Bahnhof Hackescher Markt, man sah sie der Spree zustreben, den Uferweg betreten und sich hin und wieder umwenden, um die Abdrücke ihrer Schuhsohlen im frischen Schnee zu betrachten.

Es war Nachmittag, die Autos fuhren vorsichtig auf weißer Fahrbahn, alles schien stiller geworden zu sein, langsamer, und dort, wo vor langer Zeit unbekannte Verehrer dem Dichter Chamisso eine Büste gestiftet hatten, verließ Elisabeth Schlosser den Park Monbijou.

Chamisso mit Schnee auf der Nase ragte an diesem Tage heraus aus dem Gestrüpp, das ihn manchmal auch überwucherte, Elisabeth Schlosser bog in die Krausnickstraße ein und verschwand im Hof eines Mietshauses, ging zielstrebig auf eine Mauer zu, die aus alter Zeit immer noch ein Türchen zu dem großen Krankenhaushof dahinter besaß.
Dort angekommen, huschte sie über den Hof und die Treppen zum Haus 3 hinauf, klopfte an eine Tür, öffnete sie, ein Mann im Bett hob den Kopf, stieß einen Krächzer aus und winkte, dass sie näher kommen sollte.
»Papa«, sagte Elisabeth Schlosser, als sie auf seinem Bettrand saß, »Papa, bist du einmal in Brünn gewesen?«
Der Alte im Bett sah furchtbar aus, weil er kein Gebiss trug. Er lachte und zischelte dann, dass er es ihr sowieso nicht sagen würde, denn sonst würde man ihn verhaften, nicht wahr, das wüsste sie doch.
»Aber Papa«, sagte Elisabeth Schlosser wieder, »du hast es mir doch erzählt, dass du da warst, und mährische Buchteln hast du gegessen, das war doch so, stimmt es, das hast du gesagt«, und so redete sie weiter auf ihn ein, der Alte aber schloss die Augen nur halb, wie ein alter Vogel, er lag auf mehreren Kissen und so beinahe im Sitzen hatte er den Kopf nach hinten gekippt, während Elisabeth Schlosser ihn daran erinnerte, dass er einmal vom Bergsteigen in der hohen Tatra erzählt hatte und vom guten Theater, das er in

Brünn gesehen haben wollte, vor dem Krieg. »Brünn«, rief sie, »Papa, erinnerst du dich?«

»Ach«, sagte er, und man sah das Gelbe im Weiß seiner Augäpfel und das Helle im Braun seiner Iris, »ach, Elisaweta.«
Dann sollte sie ihm etwas zu trinken bringen. Die Lippen klebten zusammen beim Reden.
»Wann schreibst du über mich?« Elisabeth Schlosser schüttelte den Kopf. »Schreib!«, rief er, »verflucht nochmal, oder hast du dich schon vollkommen verkauft, ja?«
»Papa«, sagte Elisabeth Schlosser, »du warst doch mal in Brünn?«
Der Vater hob eine Augenbraue, die linke Augenbraue, und Elisabeth Schlosser wusste, dass so was nichts Gutes verhieß.
»Dort lebte eine Familie Trotzkij! Aber er hatte mit der kommunistischen Bewegung gar nichts zu tun, Papa, er war ein einfacher Mann, Papa, er war Lokomotivführer – na?«
Der Alte war tatsächlich zusammengefahren, sogar die Augenbraue rutschte ihm runter vor Schreck.
»Aber nein, ein einfacher Mann, nur eben auch ein Trotzkij, Papa, er liebte die Oper!«
»Einen habe ich getroffen«, wisperte er nun, »der war anständig geblieben, und als sie meinen Freund Ludwig erschossen haben, da wollte er den Sohn zu sich nehmen, aber der Junge hat sich aufgehängt.«
»Aber bitte«, sagte Elisabeth Schlosser, »das ist doch die Prager Geschichte«, und der Alte nickte, wollte aber noch

sagen, dass er seinen Freund Ludwig besucht hätte vor dem Prozess und den Sohn dabei gerade erst kennengelernt.
»Als ich ging«, krächzte der Alte, »da lag er schon im Bett und ich sollte noch einmal zu ihm kommen und mich verabschieden, ja, das tat ich dann auch, ich gab ihm die Hand.«
»Aber das war in Prag«, wiederholte Elisabeth Schlosser. »Das war 1948, das stimmt doch, nicht wahr? Und Brünn? Ein Trotzkij, Papa, Trotzkij, fällt dir nichts ein?«
»Kellner«, murmelte der Vater, »Kellner gibt es überall.«

Elisabeth Schlosser am Bettende starrte auf den Alten in den dicken Kissen und das Schild an der Wand über seinem Kopfende. »Weißenfeld, Heinz, 1900« stand da mit Filzstift geschrieben, in einer runden schleifigen Mädchenschrift.
Aber dann ging sie zum Fenster, fasziniert von dem Schnee, der immer noch fiel. Es wurde dunkel. Jetzt erst kam diese Stunde, derentwegen sie ihre Wohnung verlassen hatte, diese halbe, diese Viertelstunde, wo alles, was weiß ist, sich blau färbt, bevor es schwarz wird. Blau waren die inzwischen verschneiten Rasenstücke draußen im Hof des Krankenhauses, blau das Dach von Haus 2 gegenüber, und alle Küchenbalkone des Mietshauses, durch dessen Hof sie sich gerade den Weg abgekürzt hatte – blau.

»Papa«, fragte sie, »kanntest du mal eine Olga?«
»Nö.« Das kam ganz ruhig und ohne Augenbrauenverziehen.
»Aber du wolltest mich doch so nennen?«
»Nö.«

»Aber ihr seid zusammen über die Uhlandstraße gegangen, dein Vater und du, und da habt ihr darüber gesprochen!«
»Ääh«, ließ der Alte so rauslaufen aus seinem Munde, einfach nur diesen Ton: Ääh!

Draußen war nun das blaueste Blau erreicht.
»Kannst du es sehen, Papa, es schneit.«
Da nickte er, er sah es die ganze Zeit, unter seinen halb geschlossenen Augenlidern sah er es schneien, draußen, er lächelte und nickte, und die ganze Tatra zog wohl darunter vorbei, unter diesen Lidern, Freund Ludwig wahrscheinlich auf Skiausflügen und noch jemand, eine Skifahrerin, eine sportliche, junge und heftige, ach, der Alte schloss die Augen, warum wohl.
»War schön«, sagte er, »schön, dass du da warst, mein Kind.«

Auf dem Rückweg war es schon dunkel, Schnee fiel immer noch und sah nun schwarz aus im Licht der Laternen. Verschneit ragte Chamissos Kopf aus dem weißen Gebüsch, jetzt standen Nutten davor, breitbeinig zwischen den parkenden Autos standen sie da, in hautengen Hosen. Bis vorne zur Friedrichstraße sah man sie warten, im Schnee, und alle hatten sich Gürtel eng um die Taillen geschnallt, auf Taille 40, dachte Elisabeth Schlosser, darin wusste sie Bescheid, und blieb auch nicht stehen, als sie wieder den Mann sah, der ohne Hut oder Mütze oder dergleichen am Vormittag aus dem Bahnhof herausgekommen war für eine Minute und hochgesehen hatte in ihre Richtung. Er stand ganz nahe an dem Chamissokopf und

fixierte ein Mädchen, das sichtlich fror, in weißen Strumpfhosen, und Elisabeth Schlosser bemerkte es und blieb nicht stehen, lief vorsichtig in dem dicht fallenden Schnee, sie wollte nicht ausrutschen.
Die wenigen Autos, die noch fuhren, taten das langsam, als ob der Schnee ihnen Mühe machte, vorwärts zu kommen. Die Straßenbahnen dagegen zerschnitten die Flocken mühelos, und überhaupt den ganzen dicken Schnee zerschnitten sie, zerstrahlten und zerlöcherten alles mit ihren Scheinwerfern und Lichtern, mit denen sie oben und unten und an allen Seiten vollgeschraubt waren, und mit ihrem Kreischen auch.

Nass erschien Elisabeth Schlosser wieder im Portal ihres Hauses, wo rosa gestrichene Herkulesfiguren die Decke hielten.
So genannte Karyatiden stützten hier eine kompliziert gebaute Kassettendecke, die von der volkseigenen Hausverwaltung irgendwann einmal hellgrün gestrichen worden war, wohl um einen Gegensatz zu der rosa Ölfarbe der stattlichen halb nackten Kerle abzugeben, unter denen Elisabeth Schlosser nun hindurchging und sich den Schnee von der Jacke schüttelte. Die Luft in diesem Treppenhaus war feucht wie immer im Winter, denn ganz oben an der Decke, direkt in der Mitte eines spiralförmig gebauten Treppenhauses, prangte seit zwanzig Jahren ein nasser Fleck, und bei einem Wetter wie diesem tropfte das Wasser von oben herunter.

*

Liebe Sonja!

Meine Eltern sprachen Russisch miteinander, so wie Ihre Eltern auch, und das, obwohl Sie in Brünn lebten und wir in Berlin. Bei uns kam es daher, dass die beiden sich in Sibirien kennengelernt hatten, wo mein Vater als Emigrant deutsche Zeitungen redigierte und meine Mutter eine Lehrerin war, und zwar für das Fach Deutsch. Die Zeitungen waren natürlich kommunistisch, wie mein Vater ja selbst ganz und gar Kommunist gewesen war, so sehr, dass er gar nicht mitbekam, dass meine Mutter es niemals gewesen war, und schon gar nicht zum Zeitpunkt ihrer Begegnung, sondern ein politisch recht gleichgültiges Mädchen, welches man in die allergrößte Unruhe versetzen konnte mit der Bemerkung, ob sie sich ihren Pony nicht zu kurz abgeschnitten hätte oder dass man aus Crêpe de Chine keinen Plisseerock schneidern kann. Was die deutsche Sprache betrifft, so war es auch kein kommunistisches Deutsch, das meine Mutter unterrichtete, sondern das allgemein übliche Deutsch der Herren Goethe und Schiller. Bekanntlich fuhren die Russen ja auch während der blutigsten Angriffe der deutschen Armee fort, ihren Kindern die deutsche Sprache beizubringen, und daher hat meine Mutter immer Arbeit gehabt, mein Vater dagegen weniger.
Sonitschka, es war also die Sprache, die ich hörte von der ersten Minute meines Lebens an, Russisch, und das wogte in so hellen und dunklen Tönen um mich herum, wie die deutsche Sprache sie gar nicht kennt, die sanften Töne möchte ich besonders hervorheben, ich habe für mein

ganzes Leben eine Furcht vor harten Anlauten zurückbehalten.

Gehen Sie davon aus, dass meine Eltern mich liebevoll behandelten. Was sollten sie auch tun – sie hatten nur mich. Die Großeltern mütterlicherseits waren in Sibirien zurückgeblieben und von den Eltern meines Vaters hatte sich die Spur in Theresienstadt verloren, woraus Sie mühelos schließen können, dass er jüdisch war, was in unserem Leben keinerlei Rolle spielte. Schließlich waren alle in Berlin ausgebombt oder tuberkulosekrank oder ohne Verwandte oder Umsiedler oder der Vater war gefallen. Als Kind erklärte man damals in der Schule diese Familienverhältnisse mit der größten Selbstverständlichkeit, falls man neu in der Klasse war.
Wenn alle neu waren, dann hatten alle den Tod zu erzählen, jeder eben anders. Wenn ich dran war und sagte: »Alle tot«, dann verstand das jeder.
Mit der russischen Sprache war es schon schwieriger, und als unter den Kindern bekannt wurde, dass ich *fließend* Russisch spreche, wie sie es nannten, musste ich das immer wieder neu beweisen, indem ich im Kreise von Klassenkameraden russische Soldaten oder Offiziere anquatschen und für die anderen dolmetschen sollte, denen in solchen Momenten gar keine Fragen einfielen. Dann fragten die Russen uns aus – also mich, und die anderen Kinder hörten zu, sie prüften mein fließendes Russisch sozusagen, was jedes Mal damit endete, dass die Russen mir Namen von Dörfern, Städten oder Landschaften in ihrem riesigen Russenreich nannten, der Sowjetunion, wo ich sie besu-

chen sollte und am besten auch heiraten, wenn ich nur etwas älter wäre. Diese Teile der Unterhaltung übersetzte ich dann nicht mehr, was Misstrauen auslöste und dazu führte, dass wir uns boxten oder in die Arme kniffen, ja, es tobte ein wahrer Krieg um das Russische, weil sie die Sieger waren, nur die Kinder führten diesen Krieg immer noch, wo doch FRIEDEN an allen Hauswänden stand, so ähnlich wie heute NAZIS RAUS. Offensichtlich schrieb jeder Schmierant, wenn er sich irgendwo verewigen wollte, schnell mal FRIEDEN an die Häuserwände, damals in Berlin.

Ja, es macht einen großen Unterschied, wer wann und wo Russisch spricht, zumal *fließend.* Für Ihre Eltern, am Anfang des Jahrhunderts, wird es ein reines Vergnügen gewesen sein, ohne alle grausigen Konnotationen, sei es nun der Krieg, der Kommunismus oder der erzwungene Russischunterricht.

Fünfzig Jahre später sah die Sache anders aus, meine liebe Sonja.

Die russische Sprache war so viel wert in Deutschland wie die Fußlappen ihrer Soldaten, ihre schweren Panzer und verkommenen Kasernen an den Seen rings um Berlin. Ganz zu schweigen von den Fünfjahrplänen ihrer Kommunisten und allen Stahlwerken, Rinderoffenställen und Brigadetagebüchern, die dazugehörten. Die toten deutschen Väter wurden den Russen allerdings nicht aufgerechnet, dazu hatte man den Krieg verloren, und von den kommunistischen Lagern wussten wir nichts. Es reichte ohnehin, was so ein fließendes Russisch heranspülte an Gefühlen bei denen, die nicht gerade mit einer RAI aus Russland gekommen waren.

Mein Vater übrigens wurde im selben Jahr geboren wie Sie, meine liebe Sonja, und seine Eltern haben ihn Heinz genannt.
Der Name kam in Deutschland erst sehr viel später in Mode. Heinz hieß dann 1925 der kleine Heinz Kissinger in der Stadt Fürth, als er dort noch die Kaulquappen aus der Regnitz fischte, aber zwanzig Jahre davor, da war es schon ein starker Beweis für Modernität einer Familie und hatte wohl auch seine Folgen.
War doch zugleich mit der Pubertät meines Vaters auch Russland in die Krise gekommen – die Revolution, und angesichts der grenzenlosen Dröhnung, die seitdem von Osten aus über Polen hinweg bis Berlin alles Feste in Schwingung versetzte, da war mein Vater verloren.
Die rote Fahne, Sonja, die rote Farbe also, welche die Natur so selten und dann nur in kleinster Dosierung uns bietet, hat ihn um den Verstand gebracht, so muss man es wohl bezeichnen. Er war gerade in Berlin angekommen als ein armer Poet, hatte also beschlossen, ein Dichter zu sein, da traf ihn das Rot.
Und gleich hatte er nichts Besseres zu tun, mein Vater, als diese Exoten aus der neuen Räterepublik zu suchen und auch zu finden, er fand sie in ihrer Botschaft.
Ihr Lachen begeisterte ihn, ja, das Lachen, so sagte er später, und sie seien von einfacher Herkunft gewesen, hätten abgeschabte Aktentaschen getragen und immer die Straßenbahn benutzt, auf der Fahrt zu den feinen Empfängen! Ich schwöre Ihnen, Sonja, das hatte genügt, ihn für immer zu gewinnen für diese Russen, aber wer sie waren, das wissen wir nicht, und er hat keine Namen ge-

nannt. Aus seinen Erzählungen hatte ich den Eindruck, dass es ebenfalls Dichter gewesen sind, oder wenigstens taten sie so.
Mein Vater Heinz hat jedenfalls mit diesen bezaubernden Diplomaten nicht nur geplaudert oder gegessen. Nein, er hat ihnen auch sein Herz serviert als ein offenes Buch, in das sie sich eintragen durften.
Wie Sie ahnen, ist es ein Vertrag geworden, auf Lebenszeit, und der geschah aus Liebe, so glaube ich. Liebe.
Aber was darauf folgte, war Schweigen, oder anders ausgedrückt, der geheime Teil seines Lebens mitsamt aller Tätigkeit als Spion gegen Hitler und für seine Russen und der Flucht nach Moskau am Ende.
Über diese Jahre sprach er niemals, tat nur so, als ob er in die kochende Schüssel der Weltgeschichte geblickt hatte und zum Schweigen verurteilt worden war. Was danach kam, als er den deutschen Kommunisten zugeschlagen wurde, das war ebenfalls verriegelt von der Geheimniskrämerei der Genossen unter dem Namen Parteidisziplin.
So blieb ihm zum Geschichtenerzählen nur seine Heimatstadt Gleiwitz, aber eben auch Prag, Karlsbad, Brünn, denn man fuhr damals, als er ein Kind war und Sie, liebe Sonja, mit Ihren Eltern noch unbeschwert Russisch sprachen, offensichtlich von Gleiwitz viel lieber nach Prag als hierher nach Berlin.
Davon hat er erzählt, liebe Sonja, darauf komme ich noch, aber so ganz konnte er doch nicht an sich halten, und wenn wir zu zweit spazieren gingen, dann purzelten auch die Namen der großen Akteure Ihres Lebens, Sonja, uns auf den Weg, dann kamen die Thomas Manns und die Hen-

leins und Beneschs auch mit aufs Tapet, und so werden Sie verstehen, dass aus mir nur eine Dramatikerin werden konnte, denn nur im Drama kann der Held so unverhofft aus der Kulisse treten, wie es auf unseren Spaziergängen die Piłsudskis und Masaryks taten – sie sprangen vor uns auf den Weg, grüßten und zogen den Hut, und schon waren sie wieder verschwunden.

Sie kamen pathetisch daher, mit Lust an der Weltgeschichte, und wurden mit einem Heben der linken Augenbraue auf die Plätze verwiesen, von wo aus sie immer wieder starteten – antraten zum Lauf in die Galerie der Giganten, wo aber schon andere Platz genommen hatten, Stalin natürlich, den wir aber persönlich nicht kannten, aber Goebbels zum Beispiel, ein Feind, und Moltke, ein Gegenspieler, und wenn dann Benesch zur Sprache kam, ja dann kamen die Piłsudskis und Masaryks auch schon wieder angerannt.

Vielleicht waren sie aber auch gar nicht unterwegs in die Galerie der Giganten, vielleicht wollten sie nur einfach die Plätze aller der Verwandten einnehmen, die uns fehlten, Onkel Siegfried und Tante Gisela und wie sie alle geheißen hatten, vielleicht wollten sie ja nur das, und dann liefen sie los in das Gedächtnis meines Vaters und landeten alle zwischen den dunklen Häusern der Stadt Berlin.

Denn die Genossen, die meinem Vater für jeden Zeitungsartikel huldigten, als ob er die Zehn Gebote neu verfasst hätte, was er ohne weiteres auch noch getan hätte, um der großen Sache zu dienen, diese Genossen spuckten vor ihm aus und kannten ihn nicht, als er ein Haar nach dem

anderen fand, in der sozialistischen Suppe, und die Sache endete im Rausschmiss aus allen Ämtern und einer Umquartierung an den Stadtrand Berlins.
Für mich war's ein Umzug, eine andere Schule und die einzigartige Gelegenheit, den Namen Elisabeth mir nun ins Klassenbuch eintragen zu lassen, was auch im Großen und Ganzen gelang. Nur eine Lehrerin, und zwar im Fach Deutsch, ja, die Deutschlehrer in meinem Leben spielen eine nicht unerhebliche Rolle, diese durchschaute mich, da sie meine Ankunft in ihrer Schule seit langem geradezu ersehnt hatte, nämlich eine Person, mit der man eine kleine Dichterschule eröffnen konnte. *In nucleo* – also wir beide erst mal.
Den Rollentausch ahnend, den ich mit meinem Namenswechsel auch innerlich zu vollziehen suchte, steckte sie mir – für mein Alter zu früh! – Schillers *Maria Stuart* zu, und nicht nur das, sie sprach mir von Königsdramen!

*

Hier machte Elisabeth Schlosser eine Pause. Sie schickte einen Blick zu dem Regal, das ganz hinten im Zimmer unter einem Wandteppich mit roten und blauen Blumen stand. In diesem Regal lagen sie alle, die Königsdramen, die nicht verkauften und niemals gespielten.
Sie hatte sie beinah vergessen, und jetzt überlegte sie, ob sie nicht doch eins davon wieder anbieten sollte.
Dabei sah es so aus, als ob sie dort ihren Frieden gefunden hätten, alle ihre Werke, zumal der Teppich darüber diese Zimmerecke geradezu behaglich erscheinen ließ, friedlich.

Nicht einmal das Telefon auf dem Regal störte das kleine Stillleben. Und als Elisabeth Schlosser sich das so betrachtete, stand sie auf und rief ihre Mutter an, fragte, ob es dort draußen am Stadtrand auch so unmäßig schneite und wer ihr den Schnee wegschieben würde, von dem Gehweg rings um das Häuschen, in dem sie wohnte, bot sich selber an, beendete das Gespräch und beschloss, sich einen Tee zu kochen.

Kaum hatte sie die Küchentür geöffnet, wurden die Klänge der Kümmelkörner lauter. Das war der Sohn. Er saß am Küchentisch, mit dem Rücken zur Tür, und Elisabeth Schlosser hantierte schweigend hinter ihm.

Es dauerte lange, bis das Teewasser kochte, währenddessen schwieg und atmete Elisabeth Schlosser, und das war ein hörbarer, schwerer Atem, schließlich kramte sie ihre Meißner Tasse mit dem grünen Drachen aus dem Geschirrschrank, trug dann vorsichtig Tasse und heiße Teekanne durch den langen Flur dieser Wohnung zurück in ihr Zimmer. Sie brauchte dringend etwas Schönes!

Und so setzte sie den Brief fort.

*

Erst zehn Jahre nach dieser Deutschlehrerin mit dem Hang zur Dramatik bin ich wieder einem Menschen begegnet, der mit mir in verteilten Rollen Dramen las, natürlich war's dann schon ein Mann, wie Sie ahnen. Er hieß Alexander Block, und kennengelernt hatte ich ihn in der unteren Etage des Bahnhofes Alexanderplatz. Oben war der Bahnhof einmal zerbombt gewesen, aber unten war er noch echt und alle Stufen aus einem Spezialbeton, mit Stahlspänen drinnen. Sonja, es waren die alten Stufen aus dem Berlin der zwanziger Jahre, und entsprechend glitzerten sie wunderbar. Man konnte die abgetretenen Schuhe, die vor einem hertrabten, vergessen, die Hosenbeine, die Rocksäume, weil es darunter eben glitzerte. Daher blieb ich auf diesen Stufen manchmal stehen, und so stürzte Block über mich.

Von Dramatik kann man bei dem Vorfall eigentlich nicht reden, aber als er sich entschuldigte und mich zu einem Kaffee einlud, stellte sich heraus, dass er Dramaturg werden wollte, er kam gerade von seiner Abschlussprüfung. Man hatte von ihm wissen wollen, warum Sternheim Selbstmord begangen hatte, und in der winzigen »Moccastube« vor dem Bahnhof Alexanderplatz, wohin wir nach dem Zusammenprall gegangen waren, sprachen wir zuerst darüber und wussten es beide nicht.

Block meinte, es hätte mit irgendeiner Krankheit zu tun gehabt und Sternheim wäre sowieso verrückt geworden, dieses »sowieso« klingt mir heute noch in den Ohren, Sonja, hören Sie genau hin: »Er wäre sowieso verrückt geworden.«

Block hatte seine Prüfung aber trotzdem bestanden. Wir trafen uns seitdem öfter in dieser »Moccastube« am Bahnhof Alexanderplatz, wo die Zigaretten sogar einzeln verkauft wurden, und die Kellner gewöhnten sich an uns. Sie nahmen wohl an, wir gehörten zum inneren Kreis ihrer Kundschaft, denn als der Nichtraucher Block einmal mit großer Geste eine Zigarette für sich bestellte und der Kellner hundert Mark dafür verlangte, flog der ganze Laden

auf. Block nahm es als Witz, als der Kellner das sah, versuchte er, ihm die Zigarette wieder zu entreißen, aber da war es schon zu laut geworden, und so hat mein Freund die ganze Mannschaft ins Gefängnis gebracht.
Die kleine »Moccastube« wurde wegen Marihuanamissbrauchs für Jahre geschlossen, und ihn selber warf das Schicksal unmittelbar danach als Dramaturg an das Stadttheater in Leipzig, eine Stadt, wo die Kunstmaler damals noch alle befreundet waren und sich beinahe täglich im »Café Corso« trafen. Einmal begegnete ich ihm dort zufällig in einer großen Runde schöner Frauen und Pfeife rauchender Männer. Regelrecht gurrend saßen sie alle zwischen grünen Seidentapeten, führten sich Zauberkunststücke vor und waren so zufrieden, wie es für einen Berliner unvorstellbar war und es immer noch ist.
Ja, Sonja, die kleinen Messingleuchter dort an den Wänden und ihr gelbes Licht, das auf alle Kuchenteller und Marmortische fiel, das war wohl die Welt, in der Sie in Brünn und in Wien so lange gelebt hatten mit Ihren Eltern, mir war sie fremd wie der brasilianische Urwald. Ich sah es mit einem Blick: Kein Leipziger würde jemals das Königsdrama schreiben, das mir vorschwebte. Aber auch kein Berliner hat es geschrieben, bisher.
Warum eigentlich?
Genügte es nicht, was wir gesehen hatten, und die Geschichten unserer Eltern und der vollkommen verrückten Reiche, in denen wir gelebt hatten, genügte das alles nicht für ein einziges anständiges Königsdrama, liebe Sonja?
Nein, antworte ich Ihnen, nein, es reichte nicht aus, und wissen Sie, warum? Weil unsere Kinder immer noch Kin-

der waren, oder vielleicht waren sie keine Kinder mehr, aber sie taten noch so und wir auch.
Wir sammelten ihre Buntstiftzeichnungen, und bei ihren Gitarrenkonzerten saßen wir stolz im Parkett, aber nun können wir uns nicht mehr bescheißen, Sonja, unsere Kinder sind alte Leute, ältere Leute, und nun ist das Drama da.

*

An dieser Stelle im Text waren längst einige Tage vergangen, seit der kleine dünne Mann sich in der Nähe des Hackeschen Marktes gezeigt hatte.
Elisabeth Schlosser hatte den Brief an Sonja Trotzkij-Sammler in ihr Regal zu den Theaterstücken gelegt und beachtete ihn nicht mehr. Sie war inzwischen in ihrem Theaterverlag gewesen, wo der Verleger an seiner Espressomaschine gebastelt hatte und Klagen in so einer Menge aus ihm herauskamen, dass sie den Kopf schief hielt, als sie wieder an der Straßenbahnhaltestelle stand, mal nach links und mal nach rechts, als wollte sie alle diese Klagen wie Würmer aus den Ohren schütteln. Die Straßenbahn fuhr neuerdings wieder über den Alexanderplatz und unter der S-Bahn-Brücke hindurch, in deren Sockel sich die »Moccastube« einmal befunden hatte. Aus dem Straßenbahnfenster sah Elisabeth Schlosser eine neue Schrift über der Tür: »Besenkammer-Bar«.
Sie war dann quer über den Hackeschen Markt zur Oranienburger gelaufen und dann in eine Nebenstraße hinein, wo ein altes niedriges Haus sich befand, ein kleines Haus mit einem spitzen Dach.

Dieses Haus war einige Hundert Jahre alt, es hatte schon viele Besitzer gehabt und im Parterre ein Café. Hier waren die kleinen Leute der Gegend einmal die Stammgäste gewesen – die Milchfrau, der Steinmetz, der Kohlenträger. Hier hatten sie getrunken, geraucht und zusammengehalten oder auch nicht, jeder erzählte es anders.
Gerade als Elisabeth Schlosser so um die Ecke gebogen kam, hatte Manne Schubert, der Tischler und neue Hausbesitzer, in seiner Toreinfahrt gestanden, mit Schneeschieber in der Hand, und als sie sich erkannten, waren beide ebenso erschrocken wie erfreut. Sie fanden sich alt und dick geworden und in gar keiner guten Verfassung. Denn obwohl Elisabeth Schlosser manchmal an Schuberts Haus vorbeiging, hatten sie sich einige Jahre schon nicht mehr gesehen, und diese Begegnung war unvorbereitet.
Aber war Elisabeth Schlosser nicht vielleicht absichtlich diesen Bogen gelaufen?
Hatte sie nicht gerade an das Café in diesem Hause gedacht, das einmal auch ihr Stammcafé gewesen war, an Tassenklappern und Zigarettenqualm, an die Mühe, einen freien Platz zu entdecken, und die Freude, von Erika hinter dem Tresen zum Stammtisch durchgewinkt zu werden, und noch mehr Freude, wenn Manne dann kam, im Arbeitsanzug, wenn er aufatmend sich hinsetzte und zwei Kaffee bestellte, zwei Kognak und die Zigaretten dazu?

Elisabeth Schlosser hatte also erschrocken gelacht und gefragt, ob sie helfen dürfte, beim Schneeschieben, aber das war natürlich Unsinn.

Manne Schubert hatte auf die Tür zum Büro gezeigt, und da saßen sie dann. Das Büro hatte vollkommen unverändert ausgesehen, nur einige neue Rollschränke neben dem alten Sofa. War hier nicht ein Durchgang zum Café gewesen? Ein Durchgang zum Keller, wo einmal ein Warenlager von Zigaretten entdeckt worden war nach dem Kriege und der Wirt dann bezichtigt, ein Schieber zu sein, und war der dann nicht verschwunden?
Diese alten Geschichten waren einmal am Stammtisch erzählt worden, Geschichten von einem Zusammenbruch und der Flucht aller Hausbesitzer. Nun, inzwischen hatte ein anderer Zusammenbruch stattgefunden, die Hausbesitzer waren zurückgekehrt oder auch nicht, aus der volkseigenen Wohnungsverwaltung war eine Konkursmasse geworden, aus der Manne das Haus erworben hatte. Das Café parterre gehörte ihm neuerdings auch. Elisabeth Schlosser wusste das von Erika, der Wirtin dort drinnen. Sie ging ja zuweilen immer noch auf einen Kaffee vorbei, aber das geschah selten. Jetzt allerdings hatte sie Manne gefragt, ob sie beide nicht wie früher schnell mal ins Café wollten, aber Manne schien nicht gut zu sprechen auf Erika, oder ging er nicht mehr rein, weil er jetzt hier der Chef war? Nein, er wollte Elisabeth Schlosser zeigen, was alles schon fertig wäre, hier im Haus, den Dachausbau, den vor allem wollte er vorführen, da war ein Mann im Anorak erschienen, um eine Tischplatte abzuholen, und durch die Hintertür seines Büros lief Manne direkt auf den Hof und zurück in die Werkstatt. Elisabeth Schlosser stieß das Tor zur Straße wieder auf, warf einen Blick in ihr altes Café, aber das war vollkom-

men leer, und daher lief auch Elisabeth Schlosser nun einfach daran vorbei.

Schnee fiel immer noch, fiel alle Tage, eine gigantische Gardine senkte sich Tag und Nacht auf die Stadt und blieb liegen auf allen Häusern, Straßen und Baustellen, auf den Parks und den Parkplätzen, als ob alles, alles weiß werden sollte und weiß bleiben, aber das geht nicht.

An ihrem Geburtstag wagte es Elisabeth Schlosser, ihrem Sohn auf die Schulter zu klopfen, sie war eingeladen zum Mittagessen, ob er nicht mitkommen wolle. Sie spürte den Gelenkknochen unter dem Pullover und blickte hinunter auf seinen Hals, wie dünn er geworden war, aber sofort schüttelte er ihre Hand ab, drehte sich nur um, damit er sie böse ansehen konnte, böse und gelb im Gesicht und die Augen eingefallen, danach saß sie in der S-Bahn und weinte.

Diese S-Bahn hätte sonst wo unterwegs sein können, aber sie fuhr gerade an den gepflügten, planierten und liegen gelassenen Sandflächen zwischen Gesundbrunnen und Humboldthain entlang, und Elisabeth Schlosser, eine Frau im grauen Wintermantel, sah gar nicht hin, wischte sich im Gesicht herum, musste sich dann sehr beeilen, kam dennoch zu spät und redete zur Erklärung so lange über ihr Unglück, dass die Gastgeberin nervös mit dem Kopf zu nicken begann, die Brille auf- und absetzte und alle möglichen anderen Zeichen gab, dieses Thema fallen zu lassen, was Elisabeth Schlosser nicht bemerkte oder nicht kümmerte. Schließlich schlug die Gastgeberin eine andere Taktik ein, sie warf die Bemerkung: »Sie sind erwachsen!« in deren Redestrom. »Sie sind erwachsen!« – aber auch damit konnte sie Elisabeth Schlosser nicht beruhigen, trösten oder zum Schweigen bringen.

Ganz zuletzt, bevor die Freundin entschlossen aufstand und eine Schüssel mit Hühnerkeulen in Koriandersoße holte, die schon so lange bereitstand, geschah das Allerschlimmste: Die Gastgeberin, die eine alte Frau war, stieß alle Sorgen und schrecklichen Erlebnisse mit den eigenen Kindern hervor, die Fakten der letzten Wochen – nur diese! –, und erst da wurde Elisabeth Schlosser still.

Der Tisch, an dem sie saßen, stand vor einem Fenster mit Blick auf den Humboldthain, von oben sah man auf Baumkronen herunter, die an diesem Tag dick beschneit waren.

Bevor die alte Frau ihre eigenen Qualen wegen der Kinder herausgerufen hatte, war Elisabeth Schlosser das Wort vom »aus dem Fenster springen« entschlüpft. Das war der Grund dafür gewesen, dass die Gastgeberin auf eines ihrer drei Fenster gezeigt hatte, mit der Behauptung, auf genau diesem Fensterbrett habe sie vor einer Woche erst gestanden wegen ihres Sohnes, und nur der Ehemann hätte sie von dort heruntergeholt oder festgehalten, ganz genau war das nicht zu verstehen. Danach hatte sie die Fassung dann gänzlich verloren, die Freundin, und nur noch erzählt, eine schöne Frau mit einem zarten kleinen Gesicht unter roten Löckchen, gefärbt natürlich, auch Elisabeth Schlossers Haare waren gefärbt, dunkelbraun, und sie hatte nicht so ein feines Köpfchen, nicht so weiße Haut und so grüne Augen, sie hatte eine dicke Nase und dicke Lippen auch, aber sie verstanden sich, diese Frauen, sie seufzten und sahen sich tief in die Augen, und nur der alte Ehemann der Gastgeberin sagte in regelmäßigen Abständen »sie sind happy« über den Tisch. »Sie sind happy.« Auch das meinte die Kinder.

Danach wurde gegessen, und der Ehemann kam zu Wort, erzählte von Reisen nach Polen, wo sie die heilige Hedwig nun endgültig zur Polin erklärt hätten, jedenfalls bei Führungen durch alte Kirchen in Wroclaw, das ja früher einmal Breslau geheißen hatte und wo man doch immerhin auf etwas Deutsches auch aufmerksam machen könnte, aber die Deutschen in seiner Reisegruppe wiederum hätten über Breslau sowieso nichts gewusst, und von Kirchengeschichte schon gar nicht.
Zu den Ausführungen des Mannes äußerten die Frauen ein paar Sätzchen, aber in Wirklichkeit nahmen sie nur eine Stärkung zu sich, um sich weiter aneinander festzuhaken mit panischen Blicken und halben Sätzen, zuletzt versprachen sie einander, keine Schuld sich selber künftig zu geben, und umarmten sich.

Abends betrachtete Elisabeth Schlosser wieder einmal das Foto auf dem Buch mit Sonja Trotzkij-Sammlers Bericht und träumte dann nachts, dass Manne ihr sein Haus zeigte. Sie stiegen darin die Treppen hoch.
Das Treppenhaus war nun holzgetäfelt, in der Farbe aber passend zum Treppengeländer, das so geblieben war, wie es immer gewesen war – weiß.

Auch die kleinen Zimmer im Dachgeschoss standen noch da wie zuvor, nur der Trockenboden war zu einer Wohnung umgebaut, diese Wohnung war frei.
Licht fiel in ein großes Zimmer, riesige Sonnenflecken glänzten auf dem Parkett, und dann standen sie beide am Fenster und sahen auf den Rasen gegenüber hinunter, den jüdischen Friedhof.
Kannst einziehen, hatte Manne gesagt. So schwer und alt, wie er geworden war, stand er im Gegenlicht seiner eigenen Fenster und leuchtete – in ihrem Traum.

Später fragte sie sich, was das zu bedeuten hatte. Wollte sie bei Manne wohnen? Wollte er, dass sie dort wohnte? Und was sollte der Friedhof?
Nun, er war ja da, übereinandergeschichtet die Gräber in vielen Etagen unter der Erde, aber das wusste nicht jeder. Früher war er einmal auch über der Erde zu erkennen gewesen, mit hohen und schiefen Steinen wie der berühmte Friedhof in Prag, aber das hatte Elisabeth Schlosser niemals gesehen.
Früher einmal war das der einzige Friedhof der Juden in Berlin gewesen, und irgendwann hatte sich die Gemeinde ein Altersheim davor gebaut.
Es war ein lang gezogenes, niedriges Haus gewesen und hatte direkt gegenüber vom Café gestanden, aber auch das hatte sie niemals gesehen – und Manne auch nicht. Das Haus war verschwunden wie andere Häuser hier in der Straße im letzten Krieg, allerdings nicht ausgebombt, sondern von der ss gesprengt, denn zuletzt war darin ein Lager zum Abtransport der Berliner Juden ge-

wesen, das Haus Tag und Nacht auch bewacht, und der Friedhof wie ein Schulhof so voller gefangener Menschen. Dobberke, der Lagerleiter, hatte sie alle regiert und eine schöne Frau Stella war hier ein und aus gegangen, um Flüchtige noch zu verraten, davon hatte früher mal jeder gewusst in der Gegend, aber das war schon lange her.

Dass sie von dem Friedhof geträumt hatte, erklärte sich Elisabeth Schlosser mit ihrem zerrütteten Zustand, was sollte es sonst sein?
Sie liebte ihre Gegend. Jeder liebte sie. Touristen kamen in Scharen, seitdem Berlin wieder frei war. Auch Sonja Trotzkij-Sammler würde staunen, falls sie sich entschließen könnte, ihre neue Brieffreundin zu besuchen.

*

Liebe Sonja!

Sie zeigen sich wieder, meine alten Geliebten. Der Schnee treibt sie her.
Der eine stand kürzlich am S-Bahnhof und sah hoch zu meinen Fenstern, der andere wartete in einer Toreinfahrt. Aber sie sind nicht mehr freundlich wie früher. Sie spüren, dass ich anders von ihnen denke, neuerdings. Seit ich in Ihrem Buch lese, Sonja, und das tu ich andauernd. Und dann steh' ich am Fenster hier oben, es ist der dritte Stock, wo ich wohne, in diesem grünen Haus, und sehe die Hochgeschwindigkeitszüge, die Straßen-

bahnen, und da guckt einer hoch, den ich nicht sehen will, und ich rufe ihm zu: Hallo! Unsere Geschichte geht zu Ende!
Ja, neuerdings ist mir danach, ihm das zuzurufen. Aber wie geht sie zu Ende, Sonja? Wie?

Sie schreiben, Ihr Geliebter kommt in Abständen als immer ein anderes Tier zu Ihnen, Sie glauben aber, dass er Bruno heißt und immer derselbe ist.
Nun, mein Geliebter kam in Menschengestalt und mit immer anderen Namen, aber möglicherweise war es tatsächlich derselbe.
Ich studierte in Leipzig, als ich ihm wieder begegnete, einer der dunkelsten Städte, die man sich denken kann – an jedem Ende Industrie und in der Mitte Ruinen. Das große Gebäude der Universität stand wie ein schiefer Schrank auf dem Hauptplatz der Stadt, irgendein Prachtkerl von einem Bomberpiloten hatte auch ihn getroffen, er war nur noch in einer Ecke benutzbar, der Schrank, man kroch hinein zu den Marxismus-Vorlesungen und hinaus schon zu zweit, und das Ende vom Lied war ein Karussellplatz im Winter, wo wir stundenlang im Kreis fuhren, der ewige Geliebte und ich.
So ging es los, und schon in der sich endlos drehenden Gondel erklärte er mir irgendwas Philosophisches, er belehrte mich, Sonja, was Ihr Bruno, der Ihnen ja fortwährend in Tiergestalt erscheint, gar nicht erst versucht hat. Seien Sie ihm dankbar dafür!
Mein ewiger Geliebter hat es niemals vermocht, mit mir ins Bett zu steigen, bevor er nicht sicher war, dass ich eine

bestimmte Idee, als deren Bote er sich jedes Mal fühlte, auch annahm aus seinem Munde.
Alexander Block in Berlin zum Beispiel war ein Priester des damaligen Drama-Kultes, dessen Jünger wie die Kommissare in schwarzen Mänteln und mit kahl geschorenen Köpfen herumliefen. Erst in Leipzig ließ er sich die Haare lang wachsen und zog mit einer alten Schauspielerin zusammen, die ihn heftig verwackelt haben soll, als er sich als ein Philosoph zu erkennen gab, und das ist ihm so gut bekommen, dass er dann eben mit den Malern ganz unbeschwert zusammensitzen konnte und seinen Trick mit den zehn geknickten Streichhölzern vorführen.
Eine Frau hat ihn geheilt, Sonja, ich dagegen, als ich ihn aus der Ferne im »Café Corso« beobachtete, wähnte immer noch, mich auf dem Weg zu den Königsdramen zu befinden, und dabei war das schon Jahre nach der ersten Karussellfahrt und all den folgenden.

Zwar, ich sagte es schon, die Cafés in Leipzig damals würden Ihnen gefallen haben, Sonja, und es saßen Frauen drin in Ihrem Alter und löffelten Schlagsahne. Hunderte, Tausende von Frauen saßen da allein oder zu zweit und löffelten Schlagsahne, aber es ergab sich gar nichts daraus, es war die in Leipzig gewohnte Übung, die Zeit totzuschlagen.
Die Geliebten beteiligten sich nicht daran oder nur selten, weil sie eben das Geistige erfassen mussten, und das Geistige an diesen holprigen Flächen, aus denen immer noch Ziegelsteine ragten als letzte Reste der Häuser, die da gestanden hatten, das, meine Liebe, zu erfassen, wenn man

umarmt und sich küssend darüber hinwegstolperte, das war nicht einfach.
Jetzt, Sonja, da ich die Kümmelkörner in meiner Küche auf Porzellan fallen höre, kling-klang-kling-klang, wie die Eisstückchen an alte Fenster, denke ich daran.

Die Liebe war dazu da, über die Wasserrohre zu lachen, wenn sie zugefroren waren und man auf Kohlen noch tagelang warten musste und dann im Bett blieb, mit angefrorenem Gehirn zwar, aber warmem Bauch.
Und in Ostberlin hat sie uns die Hände ausstrecken lassen nach den schweren Hoftoren und ihre Klinken herunterdrücken und es fertiggebracht, dass wir staunten über längst verlassene Hinterhöfe, anstatt zu erschrecken, und die Grenzsoldaten mit ihren Flinten auf ihren Schießständen über der Mauer hat die Liebe uns ruhig betrachten lassen, und danach dann in einer der Kneipen im Prenzlauer Berg Berliner-Kindl-Bier trinken lassen und reden bis in die Sperrstunde, auch das hat die Liebe gemacht, und in Westberlin, da hat sie beim Italiener auf uns gewartet.
Nur in solch einem Lokal, wo Fotos von Sonne und rotem Wein an alle die Wände gepinnt waren, ist man noch warm geworden da drüben, denn es hat keine Stadt auf der Welt so viel Kälte geschluckt wie das Westberlin, Sonja, die Frontstadt Berlin.
Erst bei einem Krüglein Frascati dort drinnen, da konnte er mir die Welt wieder erklären, was er ja wollte, mein ewiger Geliebter, sich wärmend und wartend auf Pasta. Und das noch zu glauben, dass es auch von dort einen Weg gibt nach draußen, Sonja, dazu war die Liebe da.

Mit anderen Worten, es ist in solchen Landschaften, wie ich sie Ihnen beschrieben habe, gar nicht auszuhalten ohne die Liebe, und so war sie auch das Zentrum allen Suchens, aller Bemühungen und noch jeglicher dienstlicher Tätigkeit, das kann ich bezeugen.
Auch für meine Eltern wird es nicht anders gewesen sein. Sehe ich doch meinen Vater von der Arbeit nach Hause kommen, zwischen alten und dreckigen Häusern im Stadtteil Berlin-Schöneweide zu Fuß abends langsam gelaufen kommen mit einem Blumenstrauß für meine Mutter, und diese Blumen, das waren immer die gleichen: Chrysanthemen im Herbst, Chrysanthemen im Winter, Chrysanthemen im Frühling, Nelken im Sommer, denn die Blumenläden in Ostberlin, die führten überhaupt keine anderen Blumen in diesen so genannten Aufbaujahren, und genau in der Reihenfolge brachte er sie nach Hause – eine Blume oder vielleicht auch drei, manchmal fünf sogar, und da standen sie dann und waren gelb oder violett. Die Nelken natürlich rot.

Die Liebe, Sonja, die Liebe! Sie wissen noch nichts darüber, wo ich hier wohne, in Berlin. Sie wissen nichts über den Vater meines Sohnes und über ihn selber, den Sohn, der immer noch in der Küche sitzt, jetzt wieder, gestern und morgen mit Sicherheit auch.
Und die Zeit läuft, sie rast, was will er uns allen beweisen? Warum isst er nichts mehr, warum will er verhungern? Ist er dafür zu mir zurückgekommen, zurück in die Wohnung? Hierher?

Die Gegend, in der ich lebe, ist die geheimnisvollste der Welt, aber wie soll ich sie Ihnen beschreiben in Zeitnot, Sonja, in Unruhe und mit zitternder Hand? Immerhin – ich will es versuchen.

Ich wohne in einem Haus, das ist einmal grün angestrichen worden und so geblieben. Alles ringsum ist renoviert oder neu hochgemauert, aber das Haus hier ist noch so wie damals. Wir haben ein Treppenhaus, rund, man kann von unten bis hoch an die Decke sehen, der nasse Fleck dort oben ist zwanzig Jahre alt, und die Marmorportale unten sind hundert Jahre alt, und die Sternchen darin sind zur Bauzeit noch tief eingeritzt und golden –

*

Elisabeth Schlosser war an dieser Stelle im Text angekommen, als es ein Geräusch gegeben hatte.

Es waren nicht die Kümmelkörner und auch nicht der Schnee, der ab und zu in dicken Schüben vom Dach rutschte, es war ein Geräusch an der Tür gewesen, der Wohnungstür, der Tür mit dem winzigen Guckloch, und sie hatte den Kopf gehoben, erschrocken, warum eigentlich, dann war sie aufgestanden und leise durch den eigenen Flur geschlichen. Unhörbar beinahe hatte sie das Deckelchen von ihrem Guckloch geschoben, da hatte sie es gesehen: Er war da.

Auch er war aufgeregt und bereitete sich auf etwas Wichtiges vor, zog die Luft hörbar ein durch geblähte Nasenlöcher und reckte das Kinn in die Höhe.

Elisabeth Schlosser stieg in die Stiefel, ganz automatisch tat sie das, nahm ihre Jacke vom Bügel und den Wohnungsschlüssel vom Haken, und mit einem Satz war sie draußen und schlug die Tür hinter sich zu!

»Man sagt Guten Tag!«, hatte der Mann vor Überraschung gerufen, aber da war Elisabeth Schlosser schon eine ganze gedrehte, geschwungene Treppe tiefer – sie lief vor ihm weg!
Er war ihr dann nachgelaufen und hatte sie erst auf der Straße eingeholt. Nebeneinander war man in der Oranienburger Straße an dem Panzerauto vorbeigeschritten, das also jetzt täglich hier vor der großen Synagoge stand, und der Mann redete dabei vor sich hin, über diesen Panzer, und wann der nun schießen würde und auf wen, und kicherte dabei, einmal stolperte er auch und das war, weil eine Schuhsohle vorn an der rechten Schuhspitze sich schon etwas abgelöst hatte, und auch das kommentierte er kichernd, man brauchte wirklich keine Angst vor ihm zu haben, so wie er aussah, er war auch schon aus der Puste gekommen, keine Tasche, keine Handschuhe, kein Portemonnaie wahrscheinlich, es war vormittags und viele Menschen auf der Straße, es gab keinen Grund, sich zu fürchten.
»Wo willst du hin?!«
Er kommandierte sie immer noch.
Elisabeth Schlosser blieb stehen, es war vor dem »Café Orange«.
In der gewaltigen Scheibe dieses Kaffeehauses spiegelten sich ihre Figuren, eine weibliche, dicke, mit wehenden

Haaren, und eine männliche, dünne. Die weibliche, dicke Figur zeigte auf die Räume dort hinter der Scheibe. Dort drinnen saßen sie dann.

Elisabeth Schlosser bestellte zwei Tassen Kaffee, der Mann hatte dazu genickt und den Mantel nicht ausgezogen, er hatte die Beine übereinandergeschlagen und im Raume herumgesehen, grinsend, und nichts gesagt. Plötzlich war er aufgesprungen, hatte sich mehrere Zeitungen vom Garderobenhaken geholt, darin geblättert, nicht gefunden, was er gesucht hatte, sie alle wieder weggelegt, übereinander auf einen leeren Stuhl, und dann war der Kaffee schon gebracht worden, und als der Mann die Tasse zum Munde führen wollte, hatte er schon etwas verschüttet, er lachte darüber, aber Elisabeth Schlosser sah seine Hand zittern.
Sie saßen am Ende des Raumes, ganz in der Ecke, dorthin war er sofort gegangen, und an dieser Wand gab es auch ein Fenster, das war ein Fenster zu dem Durchgang, der an dieser Stelle die Oranienburger Straße mit der Auguststraße verbindet.
Während die beiden nun schweigend an ihrem Tisch so im Hintergrund des großen Cafés sich musterten, liefen auch hinter diesem Fenster Menschen an ihnen vorbei.

»Unsere Geschichte ist zu Ende«, sagte Elisabeth Schlosser, aber er hörte nicht hin.
»Unsere Geschichte ist zu Ende«, wiederholte sie, ohne dass er es registrierte. Stattdessen redete er auf sie ein, ihm Geld zu geben, sofort, er hätte eine Geschäftsidee, eine

lukrative und günstige, er riss dabei die Augen weit auf und fixierte sie, jedoch statt Angst zu bekommen wie früher oder zu streiten, starrte sie böse zurück, aber da zischte er – pfffff – verächtlich und wurde dann lauter, er sei ihr Mann und brauche Geld, ob das nun so schwer zu verstehen sei? Elisabeth Schlosser lehnte ab, und es war wieder wie nicht gesagt, dann stand sie auf, legte zehn Mark für den Kaffee auf den Tisch, er griff danach, sie schlug ihm auf die Finger, da sprang er auf, lief davon, eine Kellnerin umreißend, der fiel das Tablett aus den Händen, Elisabeth zahlte, zahlte auch das, diesen Schaden, lief danach zu Fuß lange durch den Schnee, musste laufen vor Aufregung, Wut, fand sich wieder vor den Teppichläden von ARSLAN und NADINI am Kurfürstendamm, worauf ihr einfiel, dass ihre Freundin Rosie ganz in der Nähe wohnte, und sie klingelte bei Rosie, die allein an ihrem Computer gearbeitet hatte.

In der Küche standen sie beide schweigend, bis das Teewasser kochte, im Wohnzimmer saßen sie sich auf zwei Sofas gegenüber, zwischen ihnen ein Tisch mit Glasplatte, an den Wänden alte Stiche. Hinter Elisabeth Schlosser hing eine Stadtansicht von Innsbruck an der Wand, hinter der Freundin der kolorierte Stich einer Tabakpflanze. Sie sah einer Bananenpflanze ziemlich ähnlich, aber Elisabeth Schlosser wusste, es sollte eine Tabakpflanze sein. Auch Georg Schlosser hatte einmal unter diesen Bildern gesessen, das war zwanzig Jahre her.
Bei Rosie saß Elisabeth Schlosser wie unter Schock, Rosie setzte sich neben sie und fing an, von Georg Schlosser zu reden, denn sie erinnerte sich plötzlich daran, wie er bei

ihr vor der Tür gestanden hatte, weil er seine Arbeit verloren hatte im Osten und meinte, er würde gesucht, gesucht, um verhaftet zu werden, wo ihn doch nur seine neue Freundin verfolgt hatte. Rosie hatte ihn zwei Tage in ihrer Wohnung schlafen lassen, dann aber weggeschickt. Sie wollte damit sagen, dass Hilfsbereitschaft eben Grenzen haben müsse, wollte man überleben, sie wollte Elisabeth Schlosser unterstützen, auf ihre Weise, aber die saß stumm auf ihrem Sofa und zeigte nur eine innere Bewegung, als sie aus dem Fenster sah und bemerkte, dass es wieder angefangen hatte zu schneien.
Da wollte sie von Rosie wissen, wann es denn überhaupt zuletzt geschneit hätte in Berlin. Rosie sagte, bei ihrer Ausreise aus dem Osten, was Elisabeth Schlosser nun doch unwahrscheinlich schien, denn Rosie hatte vor vierzehn Jahren die Grenze von Ostberlin nach Westberlin gewechselt, aber etwas anderes fiel der nicht ein auf die Frage, und dann ging Elisabeth Schlosser wieder los, kam aber nicht an, zu Hause.

Zwar hatte sie ihr Marmorportal mit den goldenen Sternchen bereits zweimal durchschritten, aber jedes Mal unter den nackten rosa Titanen, die die Kassettendecke hielten, war sie umgekehrt und hatte dann wieder vor dem S-Bahnhof gestanden, war auch daran vorbeigegangen, einmal und zweimal, hatte schließlich die Richtung gewechselt und war unter den Gleisen hindurchgelaufen.
Elisabeth Schlosser schlenderte nun an der Rückseite von diesem Bahnhofsgebäude entlang und bemerkte darin einen Altwarenladen, diesen Laden betrat sie.

Vorbei an Schmuck und Geschirr, lief sie durch den Verkaufsraum bis zu einem Ledersessel, darauf lag ein Muff aus Kaninchenfell in der Farbe Pink.
Den Muff nahm sie sich zuerst, es war ein Nuttenprachtstück mit sehr langen Haaren, etwas für die Mädchen auf der Oranienburger Straße, zum Lachen eigentlich, aber Elisabeth Schlosser lachte nicht, sondern blickte herum, suchte etwas, versuchte, den Verkäufer in ein Gespräch zu verwickeln, das war ein junger Mann, der ebenfalls unruhig war, aus welchen Gründen auch immer, er schüttelte ungeduldig den Kopf, als Elisabeth Schlosser ihm eine Dose aus Porzellan vor das Gesicht hielt, er telefonierte.
Auf der Dose war eine Straße zu sehen, in der Mitte Bäume und ein Bach oder ein Kanal? Mitten auf der Straße?
Bei genauer Betrachtung war das Bild eher wie ein Foto gedruckt, eine Ansichtskarte, alles in grünlichen Tönen. *Gruß aus ...* stand darunter, kaum lesbar, verwischt, völlig unbedeutend.
Elisabeth Schlosser ließ die Dose dann auch wieder sinken, steckte sie in ihre Jackentasche und ging. Drei Minuten später hatte sie die Dose mit dem grünen Bild schon in ihre Wohnung getragen.
Dort oben ließ nur das Klirren von Kümmelkörnern auf Porzellan die Luft ein wenig erzittern, und der Blick hinunter auf den S-Bahnhof Hackescher Markt, backsteinrot unter wirbelnden Flocken, war noch schöner als sonst.

Am Abend klopfte es wieder, und Georg Schlosser stand wieder vor ihrer Tür. Diesmal öffnete Elisabeth Schlosser, und ohne auf die Vorfälle des Vormittags einzugehen, ließ Schlosser sich in einen ihrer zwei Sessel fallen, war noch wach, als sie Tee auf den Tisch stellte, trank ihn auch und schlief auf der Stelle ein.

In den Tagesnachrichten war der Schneefall an die erste Stelle gerückt. Es schneite in Europa. Es schneite in Asien. Es hieß, die ganze große Mongolei sei unter dem Schnee verschwunden. Dort, wo im Winter bisher eine so tiefe Kälte geherrscht hatte, dass es niemals geschneit hatte, nie!, schneite es unaufhörlich. Es hieß, die Jurten der Mongolen brächen ein unter den Schneemassen und ihre Yaks erstickten und ihre Schuhe, die nur für den ewigen Frostboden ihrer Steppen taugten und aus Filz seien, saugten sich voll Wasser. Es hieß, sie hätten die Welt um Hilfe gerufen, aber diese Meldung wurde nur einmal vorgelesen, und später nicht mehr.

*

Liebe Sonja!

In der Gestalt von Georg Schlosser hat mein ewiger Geliebter soeben meine Wohnung betreten, und er schläft. Er schläft, Sonja! Er ist morgens gekommen, und ich bin vor ihm davongelaufen, danach hat er die Flucht ergriffen, und nun ist er wiedergekommen, und ich hatte keine Kraft mehr, ihn abzuweisen, keine Philosophie, wie es die Geschäftemacher heute nennen, ich konnte nicht mehr daran glauben, dass es gut ist, ihn wegzuschicken.

War er doch, Sonja, über viele Jahre verschwunden, und ich hätte manchmal etwas darum gegeben, wenn er vor mir gestanden hätte. Als er sich aber zeigte, zuerst unten am Bahnhof, dann hier vor der Tür, da kam seine alte Bosheit wieder hoch, ich habe es gesehen, und meine Wut war auch wieder da, aber als er davonlief, wie ein Geist in seinem Mäntelchen, da habe ich das schon bedauert und gehofft, ich könnte es gutmachen.

Und sehen Sie, Sonja, da kam er wieder, abends stand er vor meiner Tür und ist auch friedlich hereingekommen in diese Wohnung und schläft im Sitzen, in einem Sessel, den er einmal selber gekauft hat und lachend herangeschleppt für unser Leben.

Was aber dazwischen lag, zwischen den heutigen Begegnungen, morgens und abends, Sonja, das war ein Altwarenladen.

Erinnern Sie sich, Sonja, ich sprach zu Ihnen von meinem Erlebnis im »Café am Steinplatz«, als diese vielen Wege meines Lebens sich mir zeigten, aus einer großen Entfernung.

Nun, dieser Laden vorhin, ich bin sicher, es hat ihn vor einigen Tagen noch gar nicht gegeben, aber kaum hatte ich die paar Worte mit Schlosser gewechselt, da hat er eröffnet, mir gleich gegenüber, und schon fand ich mich zwischen dem fremden Gerümpel wieder wie damals in dieser Zeit, als ich mit Georg Schlosser zusammenlebte.

Es führt also einer der Wege direkt in die Altwarenläden? Aber wo geht er weiter, Sonja, beziehungsweise – wo kommt er her?

Schließlich: Nicht der Altwarenhandel hatte uns zusammengeführt, sondern die Liebe zum Drama, und zwar, wie ich schon erzählte, in Leipzig. Dort wurde damals für Leute wie uns eine ganze Schule in Gang gehalten, wobei allerdings nicht alle, die dort lernten, dem Königsdrama nachstrebten, aber wir beide schon.

Und schnell war uns auch klar, dass es nur in Berlin eine Chance hatte, das große Karo, und so zogen wir nach Berlin in die Friedrichstraße, die ja noch immer so heißt.

Dort also, ganz nah bei dem grünen Haus, in dem ich mich heute befinde, in eineinhalb Zimmern, nahmen wir Anlauf, das Drama zu erschaffen. Aber sobald Georg Schlosser sich hinsetzte, um seine ersten Sätze zu schreiben, zog es mich unwiderstehlich und mir selbst unerklärlich hinaus auf die Straße.

Das Erste, was ich dann aufsuchte, war die Pfandleihe gleich um die Ecke. Ein Haus, das schon etliche Dichter vor mir beschrieben haben.

Zu meiner Zeit hatte man die Wahl, drei Treppen hoch unter das Dach zu steigen, wo Säle mit Möbeln täglich neu vollgeräumt wurden und wieder leer gekauft. Parterre in einem Laden konnte man Tellerstapel durchgucken in den Regalen oder die Kostbarkeiten des Tages ins Auge fassen, die unerreichbar hoch in einem Wandregal standen. Die Verkäuferinnen darunter waren durch einen unendlich langen Tisch geschützt vor den Menschen, die sich wegen der Gegenstände im Wandregal in Trauben herandrängten und -schoben.

Bei den Möbeln oben dagegen saß man gemütlich und rauchte mal eine und hörte sich auch Erklärungen an von

Leuten, die aus dem zweiten Stockwerk gekommen waren, wo sie gerade die Haushaltswäsche versetzt hatten, oder ausgelöst eben, die wollten sehr oft etwas darüber sagen, ansonsten war's still, und Kaffee gabs auch, und durch große Fenster schien Sonne rein.
Ja, man konnte sich wie zu Hause fühlen, denn was da im dritten Stockwerk zu haben war, war noch warm sozusagen von den Wohnstuben dieser alten Berliner, in denen das alles gestanden hatte, und die Frauen, die da mit Staubtuch und Scheuerlappen herumliefen, gaben auch jedem Stück seinen Platz, ja, sie sprachen mit ihm und sorgten für Ruhe dort oben. Beruhigung.

Die Pfandleihe war der Anfang von meinem täglichen Rundgang, es ging dann weiter zum Laden der beiden Schwestern, die misstrauisch waren und ungern verkauften und ihre Quellen nie nennen wollten. Nur einmal, da trugen sie monatelang immer neue Stoffballen aus ihren Hinterzimmern heraus. Es waren alte Wollstoffe, Gabardine, Seide sogar, und in diese Stoffe waren Muster eingewebt, wie man sie heute nicht mehr kennt. Verkauft wurde es billig, denn alles war mottenzerfressen, nur ein Ballen nicht, und das war Lavabel, der unvergleichliche glatte Lavabel, der ohne ein einziges Löchlein von den Ballen sich abwickeln ließ, hellblau.

Gegenüber von den Schwestern hatte ein alter Mann seinen Laden, das war eine Suite mit unendlichen Gängen, und was sich dort stapelte, das mochte niemand berühren, es war auch der Alte recht finster und stumm. Dagegen gleich um die Ecke in der Linienstraße, da residierte eine anspruchsvolle Dicke, die wusste den Wert ihrer Sachen genau, die stellte auch mal einen Bilderrahmen ins Fenster, ein Krüglein, ein Glaskrüglein, eine Karaffe. Die Alte, die sagte mir einmal, sie hätte die Bombennächte zwar überlebt, wenn aber die andern, die alle verschüttet wären hier ringsherum unter den freien Flächen, nicht bald ausgegraben würden, dann würde sie auch noch ein Opfer davon, dann wärn ihre Tage gezählt.

So verging die Zeit, Sonja, aber worum ist es gegangen?

Ich musste ja immer wieder von neuem hinaus! Wie die Strohhalme brachte ich täglich alle die Blümchenteller und Leinenservietten zur Rettung für uns, und er begann auch immer wieder seine Theaterstücke von vorn, aber eines Tages, da machte er mir den Vorwurf, dass ich die Falsche wäre. Das Gefühl hatte ich auch.

Wenn ich in die Pfandleihe hochstieg, um im dritten Stock eine Zigarette zu rauchen, oder bei den Schwestern die Stoffballen abwickelte, um zu sehen, bis wohin die Motten tatsächlich sich durchgefressen hatten, oder mit dieser Überlebenden lange Gespräche führte – immer hatte auch ich das Gefühl, ich wäre die Falsche.

Nun sitzt er mir gegenüber und schnarcht, dieser Geliebte, er ist alt geworden, und wenn ich ihn so ansehe, könnte ich auf der Stelle aufstehn und wieder losgehn, die Pfandleihe suchen, ja, was habe ich dort versetzt, Sonja, was ist es gewesen? Ich war jung, ein Frau von fünfundzwanzig Jahren! – Sonja, in diesem Kram!

Übrigens war ich nicht alleine mit dieser Neigung. Auch Rosie ging mit in die Pfandleihe. Sie hat dort die Tabakpflanze gefunden, die war damals bereits golden gerahmt und stand in dem Wandregal. Nur wegen der Sachen im Wandregal kam Rosie mit in die Pfandleihe, wegen der Abrissgläser und Meißner Tassen, aber von diesen allgemein anerkannten Gerätschaften ging keine besondere Schwingung aus, ich machte mir nichts aus ihnen. Rosie wiederum gab keine Zeit für den Kram in den anderen Läden.

Und alle diese Altwarenhandlungen verschwanden genau zu dem Zeitpunkt, als Schlosser mich und die Wohnung für immer verließ.

Die Schwestern gingen in Rente, der Alte wurde verhaftet, die obere Etage der Pfandleihe für immer geschlossen, der Laden im Parterre regelmäßig streng durchgesehen, um auch das kleinste Sammeltässchen noch herauszufischen, das für so genannte Devisen in den Westen verkauft werden konnte.

Die dicke Ladenbesitzerin traf ein Fußball. Sie stürzte und stand nicht mehr auf. Sollte diese Frau einen ewigen Geliebten gehabt haben, so hat der sie nicht davor bewahrt, ja, wenn ich daran denke, bin ich nicht einmal sicher, ob er es nicht selber war, der den Ball geschossen hat.

Was weiß man denn, in welchen Gestalten sie kommen, neuerdings?

Einer jedenfalls sitzt hier in meinem Sessel, unserem Sessel, ja, er ist in der Pfandleihe gekauft, wie Sie schon ahnen, Sonja, und Georg Schlosser selber hat ihn von dort herübergetragen, den Sessel, in dem er nun schläft – so

fest, dass er das Klappern der Tasten nicht hört, da ich Ihnen doch schreibe, in diesem Moment, und das Klirren der Kümmelkörner in der Küche hört er auch nicht.
Aber ich höre es, ich höre es am Tag und in der Nacht, ich erahne dieses Geräusch bereits, wenn ich auf der Straße vor unserem Marmorportal stehe, und im Treppenhaus, zwischen den Riesen, da dröhnt es mir regelrecht in den Ohren – Sonja! Warum tut er das? Warum will er denn nicht mehr leben?

*

Elisabeth Schlosser stand auf von der Schreibmaschine und ging ans Fenster, sah hinunter in den Schnee, ging zurück zur Schreibmaschine, zum Sessel, zum Fenster und wieder zur Schreibmaschine, und als sie irgendwann auf ihren Kreisen mit dem Fuß vor Wut an den Sessel trat, wachte Georg Schlosser auf.
Er wusste sichtlich nicht, wo er sich befand, starrte Elisabeth Schlosser an, kicherte, suchte in den Manteltaschen nach etwas, so wie er früher immer nach Zigaretten gesucht hatte, umständlich und lange, betrachtete irgendwelche Krümel, die er aus einer Manteltasche ans Licht befördert hatte, schüttelte den Kopf darüber, schlief wieder ein. Das Schlafen im Sitzen schien ihm keinerlei Mühe zu machen. Elisabeth Schlosser starrte ihn an, den Wicht, wie sie sich auf einmal sagte: Ein Wicht! Ohne Gewicht! Und was bedeutete dann dieses Wort: Wichtig?
Der Wahnsinn kam, jetzt kam der Wahnsinn, sie spürte es, sie würde Georg Schlosser den Platz in dem Sessel lassen,

sie würde ihm Kaffee kochen und sich beschimpfen lassen, und der Sohn in der Küche würde sich die Finger blutig krümeln und nicht essen, alles, alles würde geschehen mit ihrer Billigung, ihrer Kraft des Zuschauens, und war schon geschehen, und draußen orgelten Räumfahrzeuge gelbes Licht die Wände hoch und runter, schoben Schnee zu Haufen zusammen, ja, Haufen. Haufen! Es hatte sich gar nichts verändert in all den Jahren, nur angesammelt und war schlimmer geworden, eine S-Bahn fuhr mit erleuchteten Fenstern aus dem Bahnhof heraus, eine andre fuhr ein, Elisabeth Schlosser verließ das Zimmer und trat auf den Flur.

Laut fielen die Kümmelkörner aufs Porzellan, man konnte es hören, kling-klang-kling, und dann war es still. Das vierte Kümmelkorn ließ auf sich warten.

Es ließ auf sich warten!

Es war zum ersten Mal seit Tagen vollkommen still in der Wohnung. Leise betrat sie die Küche. Der Sohn hatte Kopf und Arme auf den Küchentisch gelegt und war eingeschlafen.

Die ganze Nacht fuhren Polizeiautos mit Blaulicht herum und die Schneeschieber der Stadtwerke, gelb und geräuschvoll, es schneite wie im Kino.

Die Flocken waren trocken und scharfkantig, sie konnten sich auf jedem Papierrand quer stellen, der von einer Plakatwand sich abhob, auf jedem Eichenblatt, das noch nicht von den Zweigen gefallen war, sich verkanten und einer zweiten Flocke als Grundfläche dienen, worauf diese sich

ebenfalls verkantete, und schon war ein Fundament geschaffen für hundert und noch einmal hundert andere, und auf dem Eichenblatt und dem Plakatrand wuchs allmählich ein weißer Berg.
So bauten sich kleine Schneekugeln sogar auf den Schlüssellöchern von Mannes Hoftor auf, sie krönten jedes einzelne Köpfchen vom Denkmal, das seit Jahren schon auf der Grundfläche des verschwundenen Hauses stand, eine Gruppe von Krüppelfiguren, in Bronze gegossen, zittrig und klein.

In seinem Haus lag Manne Schubert, der Tischler, wach auf dem alten Sofa, auf dem er gut geschlafen hatte, solange das alles hier Osten gewesen war und er geträumt hatte, in das Grundbuch von diesem Haus als Besitzer eingetragen zu sein, in dem er jetzt auf dem Sofa lag. Nun stand er drin, für Millionen Mark Schulden, und die Tischlerei hatte keine Aufträge und quer durch den Hof war ein Riss gegangen, vor Wochen schon, er musste die Keller sperren lassen, in die jetzt das Wasser lief, vom Regen und Schnee. Im Krankenhaus um die Ecke lag Elisabeth Schlossers Vater mit Blick auf Haus 2 und war wach, weil er immer wach war, in der Nacht. In großen Abständen tief Luft holend, sah er seine Zeitungsartikel unter den Augendeckeln, wie auf Monitoren standen sie ihm vor Augen, die Titelzeilen, die Sätze, die Wörter – immer wieder zuckte die Augenbraue, die linke, unglaublich, hieß das, es ist nicht zu glauben. Aber wenn er die Augenbraue zu hoch zog, dann sah er den Schnee vor den Fenstern und etwas anderes rutschte rein in die Texte, ein weißes Gebirge, die eigenen Skispitzen, und ein Figürchen, das vor ihm den Hang runterfährt. Irgendwann wurde es laut im Hof, Krankenschwestern rannten dort unten hin und her, es war jemand gebracht worden, gegen Morgen, mit viel Lärm in Haus 3 gebracht worden.

In Charlottenburg schlief Rosie, sie träumte von Aufträgen, Aufträgen, die Geld versprachen und Arbeit, schöner, zufrieden stellender Arbeit in ihrem Zimmer hier, und die Welt müsste draußen bleiben, dort draußen bei den Straßenhunden und Zeitungsverkäufern, den S-Bahnen, die sie niemals benutzte, und bei den U-Bahnen, die sie auch nicht benutzte, dort sollten sie bleiben, die Kälte, der Wind und die Verwahrlosung auch.
Es schneite.

Schneeflocken verwirbelten sich in Lichtkegeln, blieben auf Scheinwerfern liegen oder zappelten in den Spinnennetzen der S-Bahn-Bögen, dort schmolzen sie nicht, sondern flatterten lange im Wind, andere versanken in der Spree als ein endlos sich senkender Vorhang, dagegen der Schnee, der nun schon seit Stunden ins Gras fiel, wo Gras wuchs, also auch vor dem S-Bahnhof Hackescher Markt, dieser Schnee hatte das Gras überall in ein dickes und staubendes Schaffell verwandelt.

Als es hell wurde, schneite es nicht mehr. Elisabeth Schlosser lief zum Bäcker. Das war der Anfang, sie hatte es gewusst, der erste von hundert oder tausend Gewohnheitsschritten, die sie nun tun würde, immer hadernd damit und verzweifelt. Als sie ihre Wohnung wieder aufschloss, öffnete Georg Schlosser die Tür des Wohnzimmers, er hatte also auf sie gewartet wie früher. Sie ging in die Küche, er kam ihr hinterher, sie legte die Brötchen in einen Korb, der Sohn hob den Kopf und war nun ebenfalls wach, Schlosser wiederum streckte Elisabeth die rechte Hand entgegen und fragte, ob das nun ihre neueste Errungenschaft wäre. In der Hand hielt er die Dose mit der grünlichen Stadtansicht.

Wie früher – wie immer – sagte er spöttisch und überlegen: »Kannst du mir erklären, was das hier darstellen soll?«

Der Sohn – Elisabeth Schlossers Sohn, aber auch seiner, ja, Schlosser war der Vater von diesem Mann hier am Tische, aber das hatte nie eine Rolle gespielt –, der Sohn warf einen Blick drauf, einen bedienten Blick, und in ebensolchem Tone sagte er, es sei die Kaiser-Wilhelm-Straße in Neustadt Oberschlesien, und zwar mit Blick auf den Bahnhof, und aufgenommen sei das Foto aus der Wohnung eines Drogisten, der sich einige Tage später das Leben genommen hätte, aber nicht deswegen, sondern weil er – in diesem Augenblick hatte Elisabeth Schlosser den Brotkorb wieder an sich gezogen, sie hatte ihn an ihre Brust gedrückt, und der Sohn war verstummt.

»Weil er was?«, hatte Elisabeth Schlosser gefragt, geschrien geradezu, aber der Sohn presste die Lippen wieder aufeinander, streckte jedoch den Arm aus und griff nach dem Rosinenbrötchen, dem einzigen Rosinenbrötchen zwischen all den Kürbiskernstangen und Haferquadranten. Elisabeth Schlosser stellte sich vor, wie nun die Rosinen auf das Porzellan fallen würden, was für einen entsetzlichen Klang das in der ganzen großen Wohnung ergeben würde, die schweren Rosinen in so hohen Räumen, und in Elisabeth Schlossers Ohr ging ein Ton auf, ein feiner, unendlicher Ton.

Zehn Minuten später verließ Elisabeth Schlosser das grüne Haus.
Man sah sie über das staubende Schaffell stampfen, dieses weiß verschneite Gras vor dem S-Bahnhof Hackescher Markt, man sah sie noch einige Minuten oben auf dem S-Bahnsteig stehen, dann kam vom Alexanderplatz eine Bahn gefahren, und als die in Richtung Zoologischer Garten wieder hinausgefahren war, war der Bahnsteig leer. Aus den Fenstern des grünen Hauses war das alles gut zu erkennen, aber es stand niemand dort oben, ihr nachzusehen.

*

Liebe Sonja,

diese Mitteilung wird kurz, denn ich befinde mich in dem »Café am Steinplatz«.
Sonja, wer hungert, hat das zweite Gesicht, wer lange hungert vielleicht auch das dritte und vierte, aber diese Eigenschaft verschwindet, wenn sie ein paar Happen gegessen haben, die Hungernden, das ist alles bekannt, das ist nichts Neues, Sonja. Nun: Mein Sohn hat mir soeben gesagt, er sei nicht mein Sohn.
Er hatte gerade zu reden begonnen, aber anstatt ihm zuzuhören, habe ich die Brötchen ihm weggezogen, und da

sagte er eben nur das noch, dass ich nicht seine Mutter sei, worüber ich lachen sollte, wenn es nicht gerade in diesem hellseherischen Zustand gesagt worden wäre.

Schließlich – ich habe ihn geboren, das ist nun mal so, auch verwechselt worden ist er mir nicht, sondern nackt auf die Brust gelegt wie ein Frosch, und dort ist er auch liegen geblieben, bis man uns in das Zimmer schob, wo wir in unseren Betten gelegen haben – und zwar seins neben meinem.

Ich sehe, Sie zweifeln an meinen Angaben, denn wahrscheinlich haben Sie längst das Geburtsdatum dieses Mannes im Kopf überschlagen, und Sie wissen Bescheid, Sonja, Ihnen muss ich nicht erzählen, wie es aussah in unseren Kliniken, als die Kinder wie die Zinnsoldaten in langen Reihen recht fest gewickelt, recht weit von den Müttern entfernt, ihr Leben begannen.

Lassen Sie uns darüber schweigen, lassen Sie uns es vergessen, immerhin, wir beide wissen, dass ein nackter Säugling auf Mutterbrust in der Minute des ersten Atemzuges damals etwas ganz Außerordentliches gewesen ist, und ich erzähle es auch nur, um klarzumachen, dass dieser Vorwurf mich eigentlich gar nicht erschüttern sollte, und ich erzähle es nur Ihnen, die Bescheid weiß über unsere Verhältnisse damals, denn dort in Mähren, wo Sie entbunden haben, wird es nicht anders gewesen sein als in Berlin. Unsere Ärzte und Hebammen taten ja alles Erdenkliche, um sich der Neugeborenen zu bemächtigen, aber lassen wir das.

Denn nicht das ist es, was ich erzählen will, sondern eben den Satz, ich wäre das nicht: seine Mutter.

Liebe Sonja, ich erzählte Ihnen bereits von dem Vorwurf seines Vaters an mich, von dem er nichts wissen kann, dem Vorwurf, ich sei die Falsche!
Nun, die beiden stehen jetzt immer noch in meiner Wohnung oder sitzen oder liegen, es ist mir egal, ich kann's nicht ertragen.
Noch gestern hatte ich dort oben gelebt, im Klang der Kümmelkörner, aber – das muss man auch sagen – ich war angeschlagen, schwer angeschlagen bereits, als ich Ihren Bericht las, und welche Frau in meinem Alter ist das nicht, wenn sie ehrlich ist, welche?

Ich habe eine Reisetasche gepackt, vorhin, in einer Minute hatte ich die Tasche gepackt, und es ist wieder mal dieses Café, wo ich sitze, wo ich immer lande, am Ende, wenn eine Ratlosigkeit mich ergreift und der Bahnhof Zoo mir so nahe ist und das trostlose Westberlin ringsherum es mir weiß Gott leicht machen würde, endlich abzufahren für immer.
Denn hier zu sitzen, Sonja, das ist nicht lustig, und doch ist die Richtung, in die ich fahre, zuerst diese hier: Westen – und hier steig ich aus, Bahnhof Zoo. Hier stell ich die Tasche das erste Mal ab, so als ob ich gerettet wäre!
Diese Tasche – ich wollte sie nie wieder sehen, aber nein, es ist keine Rede davon! Wie ein treuer Hund liegt sie neben mir, nur eben, nicht er bewacht mich, sondern umgekehrt, ich habe es fest im Blick, mein Täschchen, damit es mir niemand klaut.
Und wie viele Frauen sehe ich mit Taschen gewaltigen Umfangs sich abschleppen, junge Frauen zumal, quer

durch die Stadt, und die Taschen schneiden an langen Riemen ihre Schultern ein, ziehen sie runter, als ob alles drin wäre, was sie besitzen. Schlecht gepackt, kann ich da nur sagen!

*

Solcherart Betrachtungen sich von der Seele schreibend, sah man Elisabeth Schlosser schließlich sich eine Träne aus dem Augenwinkel wischen und den Kellner rufen. Als sie zahlte, fiel ihr unbemerkt ein Geldstück auf den Boden und blieb dort liegen. Vielleicht wollte sie ja wiederkommen und wusste es nur noch nicht.

Nach ihrem Auszug aus dem grünen Haus sah man Elisabeth Schlosser viel in Bibliotheken.
In ihre dicke Jacke gewickelt, schritt sie über die windigen Plätze vor der Staats- oder Universitätsbibliothek, denn das Wetter blieb winterlich. Zwar verschwand langsam der Schnee, aber eher von Frostluft und mechanischer Abnutzung. Als er dann doch taute, kam Regen hinzu und es schien noch kälter zu werden.
Dennoch war es voll am Hackeschen Markt, Menschen vor allem, aus allen Richtungen kamen sie, vor dem Bahnhof verteilten die Jungs eines neu eröffneten »Aschinger«-Restaurants ihre Reklamezettel, hinter dem Bahnhof warteten Leute auf die Straßenbahn, diese Bahnen quietschten leiser als früher, es waren bessere, gelbere als jemals zuvor, und oben in Elisabeth Schlossers Wohnung blieb die Gardine zugezogen.

Sie selber wohnte bei Rosie, schlief auf dem Sofa unter der Tabakpflanze, lief ins Krankenhaus den Vater besuchen und wälzte die Stichwortkataloge, wo sie ja doch nichts fand, weil sie nicht wusste, was sie suchen sollte.
Unter O wie *Olga* zu suchen, war albern, bei dem Stichwort *Seelenwanderung* hatte sie keine Geduld für die vielen Bücher, die in der Ausgabe für sie bereitlagen, und in Berliner Adressbüchern fand sie spielend unter dem Namen *Olga Weißenfeld* auch eine Adresse, letzter Eintrag 1937. Und was hatte sie nun davon?

Der Vater lag in diesen Tagen schwach und schwer atmend da, zum Reden nicht aufgelegt. Um ihn nach dieser oder einer anderen Olga zu fragen, hätte Elisabeth Schlosser ihn wach kriegen müssen, seine Wut wecken, seine Leidenschaften, einmal schien es ihr aussichtsreich, denn an der Garderobe der Staatsbibliothek hatten Zettel mit der Schrift »Heraus zum 18. März!« gelegen, das war immerhin sein Geburtstag. An diesem Tag sollte der Platz hinter dem Brandenburger Tor in »Platz des 18. März« umbenannt werden, und Elisabeth Schlosser hatte überlegt, ob sie den Vater hinkarren sollte, im Rollstuhl, als Überraschung sozusagen und zur Einleitung eines Gesprächs. Aber auch diese Gelegenheit verlief wegen des schlechten Wetters ungenutzt, und sie lief dann im Eisregen alleine dem Brandenburger Tor entgegen, das vollständig in Plastikfolie gehüllt war. Als Elisabeth Schlosser das Loch in der Folie passiert hatte, hatte sie ein Podium erkannt und ein Grüppchen von Leuten in ihrem Alter. Alte Leute also.

Das neue Straßenschild mit der Schrift »Platz des 18. März« war weiß, mit Kringeln an den Ecken. Fahnen waren auch zu sehen gewesen, eine rote Fahne, eine ungarische, eine polnische, die aber gar nicht erst entrollt wurden, stattdessen wurden Grußworte verlesen, und gleich sagte jemand, er schlage vor, die Kundgebung abzuschließen, und zwar unter Absingen des Liedes »Die Gedanken sind frei«.

»Die Gedanken sind frei«, sang die kleine alte Versammlung, »wer kann sie erraten. Sie ziehen vorbei wie flüchtige Schatten, kein Mensch kann sie wissen, kein Jäger erschießen«, und Elisabeth Schlosser stahl sich davon.

Diese Art Erinnerung an den Völkerfrühling von 1848 hätte ihren Vater umbringen können, dachte Elisabeth Schlosser und war nahe daran, zu verzagen.

Auf den üblichen Wegen war an ihre Ahnungen und Zweifel bezüglich ihrer richtigen oder falschen Existenz also nicht heranzukommen, und es war dieser Abend des 18. März, an dem sie sich dann doch ihrer Freundin Rosie anvertraute und von den Vermutungen erzählte, die sie quälten, diesen wirren Bedrückungen, alles ans Licht gezerrt durch die Vorwürfe des Sohnes und die Rückkehr des Ehemannes auch.

Rosie, die, wie sich nun herausstellte, durchaus schon einmal von Seelentransiten gehört hatte, ja sogar eine Grafik in der Richtung erstellt, kramte so lange in ihrem Schrank, bis sie die fand. Darauf war eine Frau in langen Röcken zu sehen, die erschrocken vor einer auseinanderspringenden Grabplatte zurückwich, einer Steinplatte, die wie ein Bovist zu platzen schien, was offensichtlich starken Luft-

zug verursachte, denn die Locken und Röcke der Frau wehten nach hinten, ihr Mund war vor Entsetzen geöffnet, sie schrie.
Rosie betrachtete ihr Werk zufrieden, bemerkte auch, dass es einem alten Strich nachgeahmt sei, und riet zu einer Hypnose.

Eine solche Sitzung fand kurz darauf in einer Altbauwohnung an der Torstraße statt, gar nicht weit entfernt von dem Haus, in dem Elisabeth Schlosser zusammen mit Georg Schlosser ihre erste Berliner Wohnung gehabt hatte.
Die Heilerin war eine ältere Frau in Jeans und Pullover, alles an ihr war länglich und dünn – der Kopf, die Nase, die Arme. Beide Frauen saßen in Sesseln einander gegenüber, Elisabeth Schlosser sollte der Frau auf die Nasenwurzel sehen und danach die Augen zufallen lassen. Unerwartet griff die dann nach Elisabeth Schlossers Kinn, prüfte, wie locker Elisabeth Schlosser den Kopf hängen ließ, warf ihn dann zurück, so dass er rückwärts gegen die Lehne stieß.
»Was hindert mich«, sagte sie, »wir werden fragen, was hindert mich. Also, hast du dir überlegt, woran du dich gehindert fühlst?«
Sie duzte Elisabeth Schlosser, das war wohl eine Voraussetzung für diese Therapie.
»An meinem Leben«, antwortete Elisabeth Schlosser, »an meinem Leben bin ich gehindert.«
Am liebsten würde sie rausspringen aus den Gleisen, aber das könne sie nicht, wie ein Klumpen latsche sie durch die

Gegend, wie ein Klumpen, und sah sich in ihrer Winterjacke durch den Schnee stampfen, in schwarzen Hosen, gar nicht so dick, wie ein Klumpen eigentlich sein müsste, nein, ganz normal, die Figur.

»Was siehst du?«

Elisabeth Schlosser erzählte, was sie sah, danach sollte sie sagen, wie sie sich dabei fühle, und ihre Hände wurden kalt.

»Fehl am Platze«, sagte Elisabeth Schlosser, »vollkommen fehl am Platze.«

»Und wo müsstest du sein?«, fragte die Frau.

»Irgendwo anders«, war die Antwort, in einer Stadt, und dass sie nun eine bestimmte Stelle von Saarbrücken sehe, auf einmal, eine Stelle mitten in der Stadt, einen Gang an Schaufenstern vorbei, unter Kolonnaden aus massiven viereckigen Säulen, auch gebe es Neonreklamen unter diesen Kolonnaden, und viele Leute, und sie sei fremd dort, aber irgendwie zu Hause, sie könne jetzt so ein Gefühl der ruhigen Freude haben bei dem Anblick der Ecke dort vorne, die die Frau im Zimmer ja nicht sehen konnte, die Elisabeth Schlosser aber offensichtlich sah, ein ziemlich verschnörkeltes Haus mit einem Erker, diese Vertrautheit, dort um die Ecke zu biegen, aber jetzt gerade denke sie nun wiederum auch nicht mehr daran, sondern eher an Kattowitz. Dort gebe es ein Café, das komme ihr manchmal in den Kopf, ein altes, abgeledertes Café. »Café Europa« würde es heißen, also so habe es geheißen, als sie es entdeckte. Sie habe einmal mit ihrem Mann und anderen Freunden und deren Kindern eine große Reise gemacht, eine Urlaubsreise nach Polen, sie seien die ganze

Nacht gefahren und morgens in Kattowitz ausgestiegen. Kattowitz war die erste Station, wo sie dann morgens ein Café suchten und dieses fanden, geöffnet und leer, vollkommen leer.
Es habe dort eine Galerie gegeben, zu der eine Treppe hochführte, und eine kleine Bühne habe es unten gegeben und ein langes Buffet, worin lauter Gläser mit Götterspeise gestanden hätten, grün, blau und rot, was den Kindern sehr gefallen hätte, und unten vor der Bühne sei auch Platz gewesen, zum Tanzen vielleicht, dort hätten die Kinder herumgetobt, was sie auch durften, und die Erwachsenen hätten oben gesessen.
»Wer hat euch bedient?«, fragte die Frau, und ob Elisabeth Schlosser dessen Gesicht sehen könne, und ob es ihr bekannt vorkomme, aber nein, sie sah nichts, nur ein gutes Gefühl habe sie, sagte sie, ein heimatliches, gutes Gefühl. Ja, dann solle sie das zulassen.
»Ja«, sagte Elisabeth Schlosser und schwieg eine Weile in der Erinnerung an die spielenden Kinder und den frühen Morgen in Polen auf einmal und spürte, wie angenehm ihr das gewesen war, in Polen auszusteigen, wo sie doch eigentlich fremd war und von zu Hause gekommen, und doch, heimatlich, sagte sie, heimatlich sei ihr Gefühl, aber den Kellner könne sie gar nicht erkennen, nur voll schien das Café ihr plötzlich zu sein, sehr voll, alles voll, auch unten viele Tische, viel mehr Tische, und auch sie sitze nun eigentlich unten vor einer Scheibe, und es sitze noch jemand an ihrem Tisch, aber genau sehe sie das nicht, nur dass sie selber einen Hut trage, so einen kleinen, netten Filzhut, asymmetrisch und mit kurzem Schleier vielleicht,

nein, auf jeden Fall mit Schleier, und überall in dem Raum könne sie die Hütchen auf Frauenköpfen erkennen und die Luft bis an die Decke verqualmt, in diesem Café.
»Wie fühlst du dich?«
»Gut. Ein bisschen kokett, ich rede andauernd, und der Mann gegenüber schweigt.«
»Also ist es ein Mann?«
Jaja, ein Mann sei es, aber der halte den Kopf so gesenkt und sage gar nichts, bedrückt sei er.
»Warum könnte der bedrückt sein?«
»Er ist Jude.« Schnell und deutlich sagte Elisabeth Schlosser das.
»Und du?«, fragte die Frau.
»Nein«, sagte Elisabeth Schlosser, »ich nicht.«
»Wo wohnst du?«
»Aaaach«, sagte Elisabeth Schlosser, »nicht so gut, ist so ein Hof, man sieht nur auf den Hof. Arm.«
»Wohnst du alleine?«
Nein, es seien noch Frauen in dieser Wohnung, eine Mutter vielleicht, eine Schwester? Genaueres wisse sie nicht.
»Und der Mann?«
Ja, der sei traurig, er halte den Kopf so gesenkt, es sei regelrecht ein Schatten auf seinem Gesicht. Er müsse wohl abreisen, irgendwie müsse er weggehen.
»Und«, fragte die Frau, »ist er gegangen?«
»Ja«, war die Antwort. Schnell und sicher gesprochen.
»Und du?«
»Nein.«
»Bist du geblieben?«

»Ja«, sagte Elisabeth Schlosser, »ja.«
»Siehst du dich später?« Ja, sofort sah sie sich, in einem Park, im Kulturpark einer Stadt.
»Wie siehst du aus?«
»Alt, siebzig vielleicht, ganz faltig, Kleid und Jacke und ausgetretene Schuhe.«
»Wo bist du?«
»Kattowitz.«
»Du bist also geblieben?«
»Ja.«
»Immer in Kattowitz?«
»Immer in Kattowitz.«
»Und der Mann?«
»Weiß ich nicht«, sagte Elisabeth Schlosser.

»Gehen wir noch einmal ins Café zurück«, sagte die Frau, »was könnte diesen Mann fröhlicher machen? Hätte die Frau am Tisch etwas tun können?«
»Aufhören mit dem dummen Gequatsche«, sagte Elisabeth Schlosser auf einmal böse. »Meine Güte, die fühlt sich so schick und modern mit ihrem Hut und dass sie da sitzt und raucht und irgendwas rumquatscht!«
»Weiter«, sagte die Frau, »was noch?«
»Ihn ansehen«, sagte Elisabeth Schlosser, »ihn einmal wirklich ansehen.«
»Tu das«, sagte die Frau, und auf einmal hatte Elisabeth Schlosser das Gefühl, dass der Mann den Kopf hob, es wurde hell um sein Gesicht, und sie begann zu weinen.
»Was hast du für ein Gefühl?«, fragte die Frau. Elisabeth Schlosser antwortete nicht. Ihr liefen Tränen unter den ge-

schlossenen Augenlidern hervor. Krumm, also entspannt, wie sie es sollte, saß sie im Sessel und weinte.

»Hättest du ihm helfen sollen?«, fragte die Frau.

»Darum geht es nicht«, war die Antwort, »darum geht es nicht.«

»Worum geht es?«

»Sage ich nicht«, antwortete Elisabeth Schlosser, sollte nun aber sagen, ob es ein gutes Gefühl sei, das sie habe, und nickte.

»Dann drücke die Finger fest auf die Stirn und halte dieses Gefühl fest«, sagte die Frau, Elisabeth Schlosser tat es und hörte nun, dass schon eine Stunde herum sei und sie tief einatmen solle und die Augen öffnen.

Draußen auf der Straße lief Elisabeth Schlosser erst einmal eine Weile einfach geradeaus durch die Gormannstraße und die Rosenthaler auch, es war ja Nachmittag, früher Nachmittag, und landete in ihrem alten Café.

Was sollte der Quatsch? Eine Frau aus Kattowitz, die im sozialistischen Kulturpark von Kattowitz als Greisin stehen konnte, hatte ja noch gelebt, als Elisabeth Schlosser längst eine erwachsene Frau war, das konnte keines ihrer früheren Leben gewesen sein, keine anders verpackte Seele. Blödsinn, das alles, und dennoch: Das Hütchen auf dem vermeintlich eigenen Kopf hatte sie durcheinandergebracht, diese vielen Hüte im Zigarettenqualm, das Licht auf einmal auf dem Gesicht des Mannes und das Gefühl, das sie der Frau verschwiegen hatte, ein Gefühl des Aufatmens: Endlich.

Ich kann dich erkennen. Du.
Sie lächelte vor sich hin, griente geradezu – du, das bist ja du –, und diese riesige Freude fühlte sie immer noch, diese Kraft, die ihren Kopf zu seinem zog: Wir.
Wir sehen uns an und verstehen uns – wir, was soll uns jetzt noch passieren?

Dieses Gefühl hatte sie auf Kommando der Frau sich festgehalten mit ihren zehn Fingern, in diesem Gefühl war sie die Straßen langgelaufen, und in diesem Gefühl saß sie jetzt in ihrem alten Café und sah aus dem Fenster. Im Haus nebenan wurde der Laden für italienische Delikatessen zum Monatsende frei, an der Glasscheibe klebte das Plakat mit der Telefonnummer des Vermieters.
Er würde also schließen, dieser Laden, aber heute war er noch geöffnet, heute konnte man aus dem Café noch in den kleinen, verlockenden Laden sehen wie in die Welt von gestern, die Welt der Delikatessen und Hütchen, ja, tatsächlich, es stand eine Frau mit Häubchen hinter dem Ladentisch, und das war ja auch ein Hütchen in gewisser Weise, das die da trug, die Verkäuferin.

Wie viele Cafés mit Namen *Europa* gab es auf der Welt? Hundert? Tausend? Zweitausend? Hunderttausend? Und in Kattowitz? Nur eins? Und gab es das immer noch?
Kaum dachte sie daran, kam dieses Gefühl wieder: Vertrautheit, braune Fußböden, Holzmöbel, gerade Formen, und eben oben auch noch eine Etage mit einem Balkon.

Drei Tage später saß Elisabeth Schlosser im Zug nach Kattowitz. Katowice. Man brauchte nur eine Fahrkarte zu kaufen.

Der Zug war voller, als sie angenommen hatte, auch in Frankfurt an der Oder hätte sie noch aussteigen können.

Elisabeth Schlosser war immer gerne nach Polen gefahren, aber da war sie aus dem Osten gekommen, aus Ostdeutschland, als die Grenze zu Polen offen gewesen war und die Grenze nach Westen geschlossen, jetzt war es umgekehrt, und auf einmal hatte sie Angst.

Sie verstand es selber nicht, aber es war so, sie dachte ans Aussteigen, stand aber nur am geöffneten Fenster, sah den gewellten Asphalt des Bahnsteigs, die Polizisten, wie sie immer dagestanden hatten, wenn sie aus dem eingemauerten Ostberlin in das freie Polen fuhr, ihr damals jedenfalls frei vorkommende Polen, in der üblichen Dunkelheit dieser Halle, eine Anmutung von Knast stieg herein ins Abteil, alles wie früher, sie schloss das Fenster, der Zug fuhr an, es ging los.

Unbewohnte Gebäude an der Strecke, Betonteile, schiefe Häuser, dunkle Brücken, vergessene Stahlkonstruktionen, deren Zweck nicht erkennbar war, jedenfalls nicht für Elisabeth Schlosser, die ihre Handtasche fest unter den Arm geklemmt hatte, damit sie ihr niemand stehlen könnte.

Früher hatte es im Osten genauso ausgesehen entlang von Bahngleisen, das war es vielleicht, was ihr Angst machte, und die Verlassenheit draußen mit gerunzelter Stirn betrachtend, stand Elisabeth Schlosser mal am Fenster des Abteils und dann wieder im Gang, setzte sich irgendwann und schlug das Faltblatt mit der Reiseroute auf.

Es war ein deutscher Zug, in dem sie sich befand, es gab das übliche Faltblatt mit den Fahrzielen und Stationen, sie las noch einmal, was sie schon wusste, sie würde acht Stunden fahren, Katowice würde gegen Abend erreicht sein.
Was waren die Stationen davor?
Wroclaw, Opole, Gliwice. – Breslau, Oppeln, Gleiwitz.
Die Station vor Kattowitz hieß Gleiwitz!
Nachdem sie das gelesen hatte, sah man Elisabeth Schlosser wieder aufstehen und im Gang hin und zurück laufen, weit kam sie nicht, die Passkontrolle kam ihr entgegen, der Zoll, sie setzte sich und sah aus dem Fenster, entspannte sich erst, als zwei lachende junge Frauen einen hohen Aluminiumkessel durchschoben. Sie unterhielten sich über irgendetwas, kichernd, gleichzeitig fragten sie jeden, ob er Tee oder Kaffee trinken wolle, es koste nichts, es sei eine Begrüßung, man sei nun in Polen.
Später schoben sie ihren großen silbernen Zylinder zurück, auch auf dem Rückweg schenkten sie alles ohne Geld aus, schwatzend und unbeschwert, sehr verschieden in ihrer Erscheinung, gar nicht die schlanken, uniformierten Vertreter einer ihnen übergeordneten Firma, dabei trugen sie Uniformen, warum aber sahen sie darin so unterschiedlich aus?
Es gab keine Verspätung.
Nach sieben Stunden kam Opole in Sicht, eine Stunde später Gliwice.
Gleiwitz also, dort lag er, der Ort, aus dem sie stammte. Fabriken, Kirche, Wasserturm sah sie schon aus der Ferne, Mietshausstraßen am Bahnhof.
Die Stadt verschwand wieder, schnell sogar, eine andere

kam, Ruda Śląska, Sandgruben rutschten heran und vorbei, Fördertürme, am Horizont eine Gruppe Hochhäuser auf einem Hügel, am Bahndamm Eisenteile, Bauschutt, alte Umspannstationen, Masten, Drähte, Schienen, die Sonne ging unter.

In Kattowitz auf dem Bahnsteig Danuta, die alte Bekannte, ein kleines Mädchen an der Hand, das war die Enkelin Basia, sie öffnete Elisabeth Schlosser die Autotür und sprach Englisch mit ihr: »Please, my dear Lady!« Sie war sechs Jahre alt.

Ihre Großmutter nickte ermunternd dazu, sie saß am Steuer, und während die Fassaden einer Großstadt an den Fenstern vorbeizogen, einer alten europäischen Großstadt, erzählte sie kurzatmig und Basia zulächelnd, die neben ihr saß und offensichtlich sehr neugierig auf Elisabeth Schlosser gewesen war, denn sie ließ sie nicht aus den Augen, dem Kind also zugewandt erzählte sie die Familiengeschichte der letzten zehn Jahre, soweit sie die Wohnung betraf, weil sie jetzt eben in eine Pension fuhren und nicht in diese Wohnung am Stadtrand, die gab es nicht mehr, dagegen wohnte die Familie in einem Haus jetzt, im Wald beinah, und das sei weit und ungünstig für Elisabeth Schlosser, wenn sie in der Stadt zu tun hätte. Danuta mit ihrem Schichtdienst im Krankenhaus sei die Einzige, die ein Auto besäße.

Die Pension befand sich am Bahnhofsgelände, eine Pförtnerin nickte und schob einen Schlüssel über die Theke, Danuta trug Elisabeth Schlossers Koffer parterre einen langen Gang entlang, das sollte sie nicht, stellte den Koffer neben das Bett, das eher ein mit Bettzeug bedecktes Sofa war, winkte Elisabeth Schlosser zu, gleich wieder mitzukommen, es war nicht besonders luxuriös hier, die Wände im Flur dunkel, Ölanstrich, das hatte Elisabeth Schlosser ja am Telefon gesagt, dass sie etwas Billiges haben wollte zum Übernachten.

Abends dann saßen sie an einem Tisch, an den sich Elisabeth Schlosser sofort wieder erinnerte, ein großer polierter Tisch, nun stand er vor einer Verandatür mit Blick in den Garten und war für ein Abendbrot gedeckt.

Danuta, müde, debattierte etwas mit ihrem Mann, der nicht von der Leiter stieg, sondern Elisabeth Schlosser von oben zuwinkte, es ging um ein Medikament, sie hatte vergessen, es mitzubringen.

Danuta war so alt wie Elisabeth Schlosser, irgendwann einmal war sie kokett gewesen, verschmitzt, eine schöne Frau, blond und langhaarig immer noch, aber diese Haare waren locker zusammengesteckt, und das Gesicht, dicklich erschlafft, wurde nicht mehr andauernd im Spiegel besehen, das konnte man spüren, die Schwiegertochter hatte den Tisch gedeckt, sie stand in der Küche und gähnte. Es war nicht einmal acht Uhr abends, aber hier schien der Tag schon zu Ende zu sein.

Da Basia bald zu Bett gehen musste, saßen sie zu viert um den Tisch herum und es wurde lustig. Zwar hatten sie alle gar nicht viel Lustiges zu erzählen, nein, die Schwiegertochter und der Ehemann waren arbeitslos, Danuta arbeitete wiederum zu viel als Ärztin, der Sohn ebenfalls, noch dazu in einer anderen Stadt, und doch waren sie heiter,

Elisabeth Schlosser und ihre polnische Freundin Danuta. Schon einander ins Gesicht zu sehen, löste eine Spannung, man lachte, wie früher – nein, wie früher nicht!, denn Danuta warf einen Stapel Fotos auf den Tisch, da waren sie drauf – früher, kaum wiederzuerkennen als agierende dünne Personen, meistens war es Danuta, die zu besichtigen war – verschmitzt jedes Mal, als Bergsteigerin, in Jeans und mit Tüchlein um den Hals, als Dressurreiterin auf dem Pferd oder einfach als langhaarige Blondine an irgendeinem Strand.

»Wie jung!«, »Wie schön!« – so tönte es immer wieder. Die Schwiegertochter hatte die Bilder noch nicht gesehen, die Sorglosigkeit und den Wohlstand auch, vergangenen Wohlstand, so schien es, denn das Haus hier war noch im Bau, ein Zimmer mit Kisten vollgestapelt, aber immerhin Eigentum, und sie musste niemanden fragen, wenn sie die Kinder hier aufnehmen wollte, abends fuhr dann der Ehemann Elisabeth Schlosser wieder zurück in die Stadt.

An diesem Abend sah es ganz so aus, als ob Elisabeth Schlosser die beiden Männer endlich einmal vergessen hätte, dort in Berlin an dem Hackeschen Markt, und auch diese imaginäre Person, der sie nachjagte, diese Olga, aus ihrem Kopfe verschwunden war, ja – als ob sie durchaus nicht die Falsche, sondern die Richtige sei, und das tat ihr gut und den anderen auch. Ein Gefühl der Verbundenheit war offensichtlich vorhanden. Irgendwann hatte Elisabeth Schlosser übrigens nach dem »Café Europa« gefragt, und Danuta hatte genickt. Ja, es gebe so ein Café.

Morgens verließ Elisabeth Schlosser ihre Pension aufgeregt. Vorsichtig, wie auf Zehenspitzen betrat sie das Pflaster von Kattowitz, lief in Richtung Bahnhof, sah, wie lang die Straße war, die sie nun laufen musste, sah die Leute auf den Trottoiren, was war anders als in Berlin? Alte Frauen führten ihre Hunde aus, alte Männer auch, sie gingen alle langsam, ruhig, die Leute und die Hunde.
Eine Unterführung war mit Plakaten beklebt, die Trottoire darunter schmutzig, dahinter befand sich die Innenstadt, die freien Plätze, an die sie sich erinnern konnte, Bombenschäden des letzten Krieges, das dachte sie, dann tauchte diese abgerundete Straßenecke auf, ein Warenhaus damals, und ein Warenhaus war es immer noch, das halbrunde Eckhaus, es standen Zigeunerinnen davor. Elisabeth Schlosser lief um die Ecke herum, hielt den Atem an, jetzt müsste sie es sehen können, das Café, da war es.

»Café Evropa« stand in großen Buchstaben über dem Eingang. Das V war mit einem recht runden Knick unten geschrieben, so dass man es auch wie ein U lesen konnte.
Es war neun Uhr in der Frühe, ein sonniger Morgen, das Café geschlossen. Es öffnete um fünf Uhr nachmittags.
Elisabeth Schlosser drückte das Gesicht an die Scheiben, sah Spiegel und Messinggeländer. Stühle auf den Tischen, das war's. Ein Café.
Da es geschlossen war, lief sie zurück, Richtung Bahnhof, es blies ein kalter Wind, ungemütlich für die Zigeunerinnen, die sofort auf sie zustürzten, um ihr aus der Hand zu lesen, was sie abwehrte, grob.

Anders als früher gab es überall Konfektionsläden verschiedener Handelsketten, neu war auch ein »Tschibo«-Café. Die Passanten sahen anders aus als in Berlin, waren die Menschen hier zierlicher als in Deutschland, die Gesichter schmaler, gehetzter?
Die Materialien ihrer Kleider und Taschen schienen ärmlicher als in Deutschland, aber das Ärmliche hier war mit Bedacht ausgesucht, mit viel mehr Bedacht, sie sah Hosen mit Bügelfalten, Damenkostüme mit ausgearbeiteten Schultern und Nähten auch an den Rückenpartien, taillierte Kostüme also, und zwar ziemlich viele, hier in der Straße zum Bahnhof, wo die Häuser fünfgeschossig waren und mehrere Höfe besaßen. Gänge führten hinein, mit Vitrinen an den Wänden, und es standen darin vor allem Schuhe.
An Schuhen vorbeigehend – sie waren quer gestellt, und trotzdem passte immer nur einer in diese flachen Glaskästen, und alle zeigten mit ihrer Spitze die Richtung an, in die man laufen sollte. Genau das tat Elisabeth Schlosser, lief in jeden dieser Vitrinengänge, bis ein kleines Schuhgeschäft erkennbar wurde auf einem lichtlosen Hof oder ein Frisör oder ein Kino parterre, und darüber dann jedes Mal blinde Fenster.
Die Höfe, so hoch, wie sie waren, so dunkel, waren menschenleer.
Lange ging sie nicht dort spazieren, in dieser stehengebliebenen Straßenzeile aus einer vergangenen Zeit, dann war sie schon wieder am Bahnhof, wo Schilder mit den Namen der Orte, die mit dem Zuge erreichbar waren, hoch oben an einer Wand prangten, daneben die Abfahrtszeiten.

Nach Gliwice fuhr jede halbe Stunde ein Zug, nach Auschwitz übrigens auch, und bereits zehn Minuten später ließ sie sich in Richtung Gliwice fahren, nach Gleiwitz also. Diesmal war's eine S-Bahn, klapprig und voller Menschen, die Fahrkarte billig.

Elisabeth Schlosser saß am Fenster und musste nun die Szenerie noch einmal ertragen, die sie gestern schon mit aufgerissenen Augen betrachtet hatte, die Landschaft zwischen den Städten hier, hundertmal durchgepflügter und benutzter Sandboden mit Stahl- und Betonschrott, der niemandem mehr auffiel.
Junge Leute unterhielten sich laut, eine dünne Frau ihr gegenüber betrachtete lange die eigenen Hände, gepflegte und doch abgearbeitete Hände, die Nägel rot lackiert, die Fingerkuppen braun vom Rauchen filterloser Zigaretten. Über der Strickjacke trug die Frau einen dünnen Nylonmantel. Solche Mäntel waren vor langer, langer Zeit einmal modern gewesen als der letzte Chic, als etwas Pariserisches geradezu, und genauso trug die Frau hier den Mantel noch immer, eng in der Taille gegürtet, obwohl sie doch auch weit über die fünfzig war, das ernste verblühte Gegenüber, zog an der Station Ruda Śląska ein Strickzeug aus der Tasche und war von da an nur noch Oma.
Ruda Śląska schien voller junger Leute zu sein, der Zug war nun gerammelt voll bis Gliwice, dort stieg eine ganze Karawane aus, nebeneinander lief man die Bahnhofstreppen runter und ein ganzes Stück noch so nebeneinander über einen Platz.

Hier war alles frei und offen wie in Katowice, einzelne Neubauten standen herum, dann sah sie eine Straße zur Innenstadt, die verlief gerade und etwas bergan.
Das war offensichtlich die Hauptstraße. Hier blieb Elisabeth Schlosser stehen, unkonzentriert, überkonzentriert, wagte sich nicht, sie zu betreten, lief dann doch hinein, die Straße endete an einem Marktplatz.
Schräg war die Straße angestiegen, der Marktplatz oben war klein und die Bebauung ringsherum komplett. Und zwar hatten viele der Häuser Säulengänge zur Marktseite hin, schattige Gewölbegänge.
Mitten auf dem Marktplatz stand ein Rathaus, davor eine Holzplattform für Tische und Stühle, an das Geländer dieser Holzkonstruktion gelehnt blieb Elisabeth Schlosser stehen und sah in die Runde.
Es schien so, als ob sie sich Mut fassen müsse, diesen engsten Kreis der Stadt auch zu betreten, dauerte jedenfalls eine Weile, bis sie weiterging, zögernd, und nach einem ersten schnellen Rundgang durch winzige Nebenstraßen war sie auch schnell wieder am Marktplatz und blickte in Richtung Bahnhof hinunter.
Sie sah also dorthin, woher sie gekommen war, und da sah sie eine Geschäftsstraße der Jahrhundertwende, voller Menschen und Autos, eine volle, lebendige Straße. Dorthin lief sie nun zurück, aber bald fiel ihr rechts eine Treppe auf, die stieg sie hinunter, entdeckte eine Art Parkgürtel, und da immer noch die Sonne schien und es dort unten auch gar nicht windig war, sah man Elisabeth Schlosser so gegen die Mittagszeit in Gleiwitz nahe dem Stadttheater auf einer Bank in der Sonne sitzen.

Auf der anderen Seite des Weges ragten hinter einer Mauer riesige Bäume hervor, sie vermutete einen Friedhof, suchte den Eingang, fand ihn erst nach einer Weile, da stand ein schmiedeeisernes Tor einen Spaltbreit offen, eine Einfahrt aus Kopfsteinpflaster führte zur Tür einer Villa, auch die stand offen, das Haus war offensichtlich leer.
Ein alter Mann kam hinter dem Haus hervor, dann eine Frau. Elisabeth Schlosser wollte wissen, wem das Haus gehörte, die Antwort verstand sie nicht, nur, dass es zu verkaufen wäre.
»Kaufen Sie es«, sagte der Mann, »kaufen Sie es!«, und die Frau wiederholte das auch, und: »Warum?« – »Warum wollen Sie nicht?«
Nein, Elisabeth Schlosser hatte nur wissen wollen, was hinter der Mauer sei, die das Grundstück vom Parkweg trennte.
»Ein Garten«, riefen die beiden Alten, »ein Garten!«

Die Villa mit ihren hohen Türen und Fenstern stand offensichtlich schon lange verlassen da, sie war gelblich verputzt, die Fensterrahmen weiß lackiert, der Anstrich im Hauseingang ocker, und nun konnte man sehen, dass Elisabeth Schlosser ungern von hier sich entfernte, sie sah mehrmals zurück, lief den Parkweg am Theater vorbei, einzelne Leute saßen auf Parkbänken, und ein Fluss war in Richtung Innenstadt auf einmal zu ahnen, ein Fluss, wo kam der nun wieder her?
Dieses Gewässer suchte sie nicht, fragte nicht nach dem Namen, lief stattdessen plötzlich zurück, ja direkt zum Bahnhof, und gleich kam auch eine S-Bahn, die sie auf-

nahm, wie in Berlin etwa, so schnell und ohne dass das alles auch nur das Geringste zu bedeuten hatte, war sie wieder weg aus der Stadt und zurück in Katowice.

Diesmal war das Café offen.
Die Eingangstür führte in einen schmalen Korridor. Links eine Garderobe und die Toilettentüren, rechts eine Schwingtür ins Café hinein. Elisabeth Schlosser stieß sie auf und stand einer riesigen Theke gegenüber, messingglänzend, verspiegelt. Dieser Anblick verwirrte sie, die Theke war offensichtlich neu, die Treppe nach oben dagegen vertraut, und der Ausblick aus den Fenstern genauso. Das war's, sie war da.
Man sah Elisabeth Schlosser nun einen Platz am Fenster einnehmen und auf die Tanzfläche blicken, auf die zahlreichen Tische hinten im Dunkeln. Ein junger Kellner, in eine lange weiße Schürze gewickelt, kam mit einem Kellnerlächeln aus vergangenen Zeiten über die polierten Steinfliesen gelaufen, er kam und er ging wieder, mit Kaffee, Eis oder Campari, denn das bestellte sie hier nacheinander, und nach zwei Stunden verließ sie das Lokal. Ein einziger dicker Mann war noch hereingekommen, dann ein zweiter, es war still geblieben im »Café Europa«, leer.

Am nächsten Tag läuft sie ohne Umwege gleich zum Bahnhof und wieder ab nach Gliwice.
Wieder sind es Massen, die in Gliwice aussteigen, wieder der Strom von Menschen, mit dem sie die Stadt betritt, ungewohnt laut noch dazu, eine schwatzende, lachende

Demonstration bewegt sich die Geschäftsstraße zum Markt hoch, Elisabeth Schlosser dazwischen, Türen kleiner Imbiss-Stuben stehen offen, ein großer Klotz von einem Haus auf der rechten Seite ist die Stadtverwaltung, wenn sie da rauskommt, nach einer Viertelstunde, weiß sie den Weg quer durch kleine Straßen zu einer Baracke. »Archivum« steht daran, drinnen eine ältere Frau kann Deutsch.

Diese schleppt Adressbücher heran, drei besitzt das Archiv aus der Zeit vor dem Kriege, fragt, wann die Eltern denn weg seien, 1944, sagt Elisabeth Schlosser, sieht die Frau stutzen, aber Elisabeth Schlosser will nichts erzählen, das sieht die Frau auch, eine weiche, warmherzige Frau, die ihr auch anbietet, die Toilette zu benutzen und einen Kaffee zu kochen, und Elisabeth Schlosser sucht und legt Papierstreifen in die zerfallenden alten Bücher, weil sie auch findet, alles findet, ihren Familiennamen, den Namen des Vaters, des Großvaters, und alle die Seiten kopiert die alte Archivarin dann für ziemlich viel Geld, klammert die Blätter zusammen und wünscht einen guten Heimweg, und Elisabeth Schlosser geht nun langsamer zurück, sieht sich um, hat Adressen, und die führen sie wieder zum Markt zurück, zu einem der kleinen Plätze daneben und zu der großen Geschäftsstraße auch, auf der sie gekommen war mit all den anderen Menschen, auch dort steht sie lange vor einem Haus, betritt es sogar, geht die Stufen hoch zur ersten Etage, öffnet die Wohnungstür, lauter braune Zimmertüren gehen von einer großen Diele ab, und das Fenster im Treppenhaus hat bunte Gläser wie eine Kirche – rot, blau, violett und gelb. »Wilhelmstraße 33« steht auf der Kopie.

»Ulica Zwycięstwa« heißt diese Straße heute, der Hauseingang starrt vor Schmutz, dabei ist es eines der teuren großen Häuser an der besten Straße, und die Fläche einer Wohnung schätzt Elisabeth Schlosser auf zweihundert Quadratmeter. »Arztpraxis« steht auf der Kopie, heute ist eine politische Partei darin, also wieder ein öffentlicher Ort, wie sonst hätte sie die Tür öffnen und ein Foto machen können von den braunen Türen – heimlich?
Sogar die Stufen fotografiert sie, diese letzten Stufen zur Wohnung im ersten Stock, und draußen das ganze Haus, seine Fassade aus glasierten Ziegeln, seine Balkone und großen halbrunden Fenster. Dasselbe am Markt und dasselbe am Stadtrand, dort ist es ein Zweifamilienhaus auf einer Böschung, ein kleines Haus, ziemlich bescheiden.
So eilt sie durch Gleiwitz, Gliwice, mal um den Markt herum, mal quer rüber und wieder zurück und immer wieder rein in die Wilhelmstraße, die ist wie gestern so voll mit Autos und Menschen, und die Sonne scheint wieder, alle Türmchen auf den alten Eckhäusern glänzen mit ihren Spitzen und Fähnchen darauf, das ist alles schon gut renoviert, das leuchtet mit Stuck und Glas und zipfelt und wimpelt den Hügel runter, vom Markt aus gesehen, und was vor dem großen Haus, dieser Stadtverwaltung, tanzt, als Brunnenfiguren, drei Brunnenfiguren, das sind drei nackte Teufelchen, die sich an den Händen fassen.
Ein Café hat sie auch schon gefunden, in dem es vorzügliche Törtchen gibt, frisch gerösteten Kaffee dazu, Elisabeth Schlosser läuft auch ganz ruhig diesmal einen Kreis um den Markt, findet baumbestandene Plätze und das alte Gymnasium, ungewöhnlich steil und hoch, hoch wie ein

Kerkergebäude, rot, findet auch den Platz, wo die Synagoge stand, den hatte die Frau im Archiv ihr schon auf der Karte gezeigt.
Auf diesem Platz standen Bänke, ansonsten war er leer, Erde nackt und abgeschabt, gleich dahinter ein zweites Viereck so nackter Erde mit einigen Bänken darauf.

Zurück in Katowice, entdeckte Elisabeth Schlosser eine Fußgängerzone vom Bahnhof direkt zu der Straße, in der das »Café Europa« sich befand. Man musste nicht erst zum Warenhaus und um die Ecke. Nur geradeaus in die Fußgängerzone und dann rechts ein paar Schritte.
Diesmal entdeckte Elisabeth Schlosser Fotos an der Wand, »95 Jahre Café Europa!« stand darunter. Es waren Fotos von lachenden Menschen in großer Abendgarderobe.
Jetzt stand eine Frau hinter dem Tresen – eine kleine kurzhaarige Person, Mitte dreißig vielleicht. Die Frau stand einfach so da, in den Raum blickend, ihn überschauend, taxierend, kontrollierend, weiß der Teufel was denkend, jedenfalls war sie seltsam konzentriert, als Elisabeth Schlosser auf sie zuging und ihr Fragen stellte.
Ob sie die Besitzerin sei und wem das Haus gehöre und ob das wirklich immer ein Café gewesen sei, die ganzen 95 Jahre über, von denen dort an der Wand die Rede sei.
»Sie haben das Haus fotografiert«, war die Antwort, und ein ärgerlicher Blick dazu.
»Ich habe es gesehen, gestern haben Sie uns fotografiert, warum machen Sie das, für wen tun Sie das, warum stellen Sie diese Fragen?«

Elisabeth Schlosser antwortete umständlich und in gebrochenem Polnisch, ihr Vater habe hier gewohnt, nun, nicht hier, aber in der Nähe, und er sei ein Gast hier gewesen, früher. Also, es scheine ihr durchaus möglich.

Aber es könnten die Jahre vor dem Krieg sein, diese Jahre, diese »zwanzig« sagte sie, »zwanzig, verstehen Sie, zwanziger Jahre«, oder er sei mit seinen Eltern hierhergefahren, in die große Stadt eben, oder mit jemand anderem, seiner Freundin vielleicht, oder es sei ein Stammcafé von anderen Leuten aus ihrer Verwandtschaft, das »Café Europa«, so etwas stelle sie sich eben vor, und vielleicht würde sie ja sogar etwas darüber schreiben, ein Stück, ein Theaterstück vielleicht, oder einen Film.

Für einen Film eigne sich dieses Cafe doch außerordentlich gut, so schön, wie es sei, so neu renoviert, so viel Gold- und Silberfarben darin und die roten Samtbänke in den Nischen, das redete sie, einen Kauderwelsch eigentlich, wäre es Polnisch gewesen, aber es wurde zunehmend ein ziemlich klares Russisch, und die Frau, in ihrer Anstrengung und Nervosität, antwortete ebenfalls in einem zunehmend klaren, perfekten, ja geradezu fließenden Russisch, und als sie beide so Russisch sprachen, so ohne Akzent, hielten sie einen Moment inne und sahen sich an.

»Kommen Sie morgen wieder«, sagte die Frau nun auf Polnisch und verließ die Theke, stieg schnell die Treppe zur oberen Etage hoch, man konnte ihre Beine sehen, dass sie schön waren, nicht sehr lang zwar, aber schön, in einem kurzen Rock, und das war's.

Elisabeth Schlosser, so stehengelassen, sah zum Fenster raus, es gingen schwarz gekleidete Wachleute vorbei,

Pistolen baumelten ihnen am Gürtel. Auf der gegenüberliegenden Straßenseite sah man eine Grünfläche, Rasen. Elisabeth Schlosser setzte sich an ihren Tisch am Fenster. Etwa eine halbe Stunde später kam Danuta von der Arbeit, sie waren verabredet. Elisabeth Schlosser hatte Danuta zum Essen eingeladen, und die war abgehetzt, eilig, mit Blumen, die ihr ein Patient geschenkt hatte, Freesien, Freesienduft, Frühlingsgeruch. Zum Essen musste sie überredet werden, weil Basia doch zu Hause wartete, die kleine Enkelin, und ohne sie nicht essen würde, gar nichts, aber dann bestellte sie doch eine Suppe und eine Pastete und blickte sich um, fand es schön.

»Ich bin nie hier«, sagte sie, »es ist ja zum Tanzen, wann tanzen wir schon, Josef kann es gar nicht, und du – wann tanzt du irgendwo?«

»Gar nicht«, sagte Elisabeth Schlosser, was den Tatsachen entsprach, da klingelte Danutas Handy.

»Er wartet auf uns«, sagte sie, schlang hastig den Rest ihrer Pastete hinunter und Elisabeth Schlosser zahlte.

Das Café also, so groß und hoch, wie es war, konnte die beiden nicht halten, niemanden halten, alle zahlten nach kurzer Zeit und gingen, und es blieb ein leerer Raum, vollgestellt mit Tischen und Stühlen in der Tiefe und die Treppe oben verbarrikadiert mit zwei Stühlen, die Balkone also gesperrt.

Weder die Messinggeländer noch die Spiegelwand oder der polierte Steinfußboden nutzten etwas, das Ding hier war hohl, ausgelaufen. Und ein Hütchen schon gar nicht zu sehen. Nicht einmal Zigarettenqualm.

In Danutas Haus saß Basia vor dem Computer. Sie ließ kleine Männchen aus Fahrstühlen springen, in die Luft, auf Baugerüste, ins Meer, die meisten versanken, einige hopsten wie Bälle hoch und retteten sich auf irgendwelche Maschinen, deren Sinn nur darin bestand, neue Gefahren zu produzieren, Basia sah ernst aus beim Drücken der zahlreichen Tasten.
»Widzisz?«, fragte sie nur. Siehst du? Siehst du, wie sie fallen? »Widzisz?«, und zuletzt: »Fajnie!« Das hieß: Fein! Das Brot, das Danuta für sie geschmiert hatte, lag neben dem Gerät, Danuta sprach darüber, dass sie zu wenig esse, gar nichts im Grunde, beinahe gar nichts, sie komme abends zu spät, um mit ihr zu essen, und die Schwiegertochter sei um diese Zeit schon weggegangen, sie kellnerte manchmal hier in der Nähe.
Danuta hatte in der Tür des Zimmerchens mit dem Computer gelehnt, es war ihr Schreibtisch, an dem Basia saß, aber ihre Arbeit und ihr Ansehen waren hier in dem halb fertigen Haus scheinbar gar nicht vorhanden.
Hier war sie ein hastiges, hopsendes Weibchen mit langen, strähnigen Haaren, nun schon wieder zurücklaufend in die Küche. Elisabeth Schlosser hinterher, hatte auf einmal den Mut, von ihrem Sohn zu reden, und wie sie kopflos weggelaufen ist, worauf Danuta mit ihr in den Garten ging, damit Basia nichts hörte von ihrem Gespräch und Josef auch nicht.
Dort, in der Dunkelheit und im nieselnden Regen, erzählte sie von den vergangenen Jahren. Es stellt sich heraus, dass Josef mehrmals vor dem Absturz hatte errettet werden müssen und alles Geld und alle Kraft der Familie

dabei draufgegangen waren. Danuta verdiente nun alleine das Geld, das halb fertige Haus aber sei die Rettung gewesen, ein Goldstück, ein Schatz, und sie habe ja immer ein Haus haben wollen, insofern sei alles in Ordnung.
Während Danuta sprach, konnte man ins Haus sehen, in die erleuchtete Küche, wo der Sohn offenbar nach Hause gekommen war und mit Töpfen hantierte, einen Moment lang sah sie auch Danutas Mann und Basia, die Enkeltochter, daneben stehen, im gelben Lichtschein der Küchenlampe. Elisabeth Schlosser winkte, und alle drei lachten und winkten, als ob das ein Foto werden sollte, und wie ein Foto blieb es Elisabeth Schlosser im Gedächtnis.
Dann verlosch das Licht in der Küche, Basia kam aus der Verandatür gerannt, wollte nicht schlafen gehen, Josef hinterher, Danuta verschwand mit dem Kind, zuletzt saßen sie wieder an dem polierten Tisch, tranken den Wein aus, der gestern nicht alle geworden war, und Josef, bitter auf einmal, wie Elisabeth Schlosser ihn noch nie gesehen hatte, fragte, ob sie noch wüsste, was er eigentlich für einen Beruf gehabt hatte, früher einmal. Später fuhr er Elisabeth Schlosser zurück in die Pension, schweigend.

Morgens fand sich Elisabeth Schlosser wieder auf der Straße zum Bahnhof, auf dieser langen Straße liefen überall Menschen mit Regenschirmen, so langsam wie am Tage zuvor.
Es war ein dunstiger, grauer Morgen, und es war wärmer geworden. Elisabeth Schlosser blieb an einem Zaun stehen, hinter dem ein Haus gebaut wurde, zwanzig Männer reichten sich Ziegelsteine weiter, von einigen sah man nur

die Köpfe, diese Arbeiter standen tiefer und mauerten bereits am Kellergeschoss. Zwanzig Maurer auf einer kleinen Baustelle, das hatte Elisabeth Schlosser zuletzt als Kind gesehen, sie stand am Zaun und sah zu. Ein Blick traf sie, sie ging weiter.

Wieder fuhr sie nach Gliwice, lief die Wilhelmstraße entlang, sah hoch zu den Räumen der Großeltern, ging den Weg zur Synagoge, die es nicht mehr gab, gleich um die Ecke der Markt, und vom Markt aus konnte sie gar nicht genug im Kreise herumlaufen, einfach rein in die kleinen Gassen und raus, zur Kirche, zur Post, zum Kanal, wieder hoch und zum roten Gymnasium, fotografierte das alles, fotografierte auch die riesigen Linden, die Denkmäler, den Rest einer Stadtmauer und lief schließlich zum »Archivum«.

Die alte Frau von gestern war wieder da und freute sich über den Besuch.

»Fragen Sie«, sagte sie, »fragen Sie mich, Sie wollen doch sicherlich etwas fragen, nicht wahr?«

»Wie das Leben so war in der Stadt«, sagte Elisabeth Schlosser, das wüsste sie gerne, und hörte dann, dass der Markt immer Ring geheißen habe und frei gewesen sei von all den Bänken und Holzbalustraden, und dass sie als Kinder unter den Kolonnaden entlanggerannt seien, und in der Bahnhofstraße sei die Ostropka geflossen, mitten die Straße entlang, das sei hübsch gewesen, aber die habe man überdeckt inzwischen, und die Frau holte einen Bildband vom alten Gleiwitz und suchte das Foto. Dabei blätterte

sie ein anderes auf – junge SA-Leute in einem Klassenraum, an der Wand eine Losung: »Wie wir heute arbeiten, werden wir morgen leben«.
Die Frauen mussten lachen, sie kannten solche Losungen aus dem Sozialismus, und dann hatte sie das Bild der Bahnhofstraße mit dem Flüsschen in der Mitte gefunden. Es war das Bild von der Porzellandose, und wenn es nicht genau das Bild war, dann doch ein sehr ähnliches.
»Ostropka«, sagte die Frau, »das war die Ostropka«, und sprach von anderen Wasserläufen, die sie hier immer noch hätten, und vom Hafen, der am Kanal zwischen der Wilhelmstraße und der Bahnhofstraße sich befunden hatte, ganz in der Nähe vom Oberschlesienhaus, dem größten Hotel Oberschlesiens, und auch davon zeigte sie Bilder.
Elisabeth Schlosser fragte nach dem Sender Gleiwitz, mit dessen Überfall der Krieg begonnen hatte, ob es ihn noch gebe.
Ein Museum, es sei ein Museum darin, antwortete die Frau, und ob Elisabeth Schlosser wisse, dass Hitler ja deutsche Soldaten in polnische Uniformen gesteckt habe, und diese Deutschen hätten dann Deutsche getötet und das habe der Anlass sein sollen, Polen zu überfallen.
»Aber es ist ja misslungen«, sagte sie.
Das verstand Elisabeth Schlosser nicht und erfuhr, dass der Überfall als Medienereignis geplant war, miterlebbar am Radio, der Ausfall des Senders, dieser dann aber schon früher ausgefallen war, weil der Herrgott in jener Nacht einen Blitz dareingeschleudert hatte. Beide Frauen sahen daraufhin sich viel sagend an, und erst jetzt, als Elisabeth Schlosser fragte, warum es eigentlich dieser Sender sein

musste, erfuhr sie, dass Kattowitz schon seit 1921 polnisch war und die Grenze zwischen Polen und Deutschland damals vor Gleiwitz verlief.

Man kann sich denken, dass diese Nachricht, so verspätet auf Grund mangelnder Geschichtskenntnisse, Elisabeth Schlosser betrübt haben muss. Dann war es nichts damit, dass der Vater oder sonst wer aus der Verwandtschaft ein »Café Europa« als Lieblingscafé in der großen Stadt Kattowitz überhaupt haben konnte.
Sie fragte nun nach dem Grenzverkehr – »normal«, hörte sie, und dass auch geschmuggelt wurde, man kaufte in Deutschland alles, was es in Polen nicht gab oder was billiger war, und umgekehrt auch, nun, wie immer eben, das sei alles ganz normal gewesen.

Wie am Tag zuvor war Elisabeth Schlosser der einzige Besucher, es war still hier, und obwohl man sich in einer Art Baracke befand, parterre also, waren die Räume innen holzgetäfelt, die Dielen auf Hochglanz gebohnert und die Linoleumtische gewachst. Wie ein alter Klassenraum sah das aus, wie eine Behörde, die ordentlich wartet seit langem.
Warum war Elisabeth Schlosser erst jetzt hierhergefahren, warum nicht früher, warum nicht viel, viel früher, als noch Menschen gelebt hatten, die ihren Vater kannten, den Großvater, den Onkel, die Großmutter auch?
War es das Altmodische dieser Räume, das solche Gedanken herbeirief, oder die alte Frau, die wartete auf neue Fragen, die helfen wollte?

Elisabeth Schlosser sah es und ihre letzte Frage war die nach der Villa, dort beim Theater, aber die misslang, denn sie konnte nicht erklären, welches Haus sie meinte, war verwirrt auf einmal, stolperte über die eigenen Füße, fand die Toilette nicht, verabschiedete sich zweimal und ging.

Die Füße aber liefen dorthin, es war ja alles hier schnell zu erreichen, sie stand nach zehn Minuten schon wieder vor der Villa, diesem leeren und halb verfallenen Haus. Die Sonne schien.
Diesmal waren die Tore verschlossen, und Elisabeth Schlosser, die nun wusste, dass die Wohnung ihrer Großeltern nur ein paar Schritte hiervon entfernt gewesen war, stand lange auf der gegenüberliegenden Straßenseite und sah so still und zufrieden zu dieser Villa hinüber, als ob ihr Vater dort ein und aus gegangen war oder ein anderer aus der Familie, ohne zu wissen, wo sie sich eigentlich befand und was hier gewesen war.

Als sie sich endlich losreißen konnte und den Kopf wandte zur »Ulica Zwycięstwa«, zur Wilhelmstraße also, konnte sie das Haus, in dem der Großvater seine Arztpraxis hatte, gut sehen, schlenderte aber weiter herum, und als sie eine Buchhandlung sah, betrat sie diese.
In diesem Laden standen illustrierte Bücher über den Krieg an hervorgehobener Stelle, über Hitler und Stalin, über Marschälle, Generäle, über die deutschen Soldaten und ganz oben eines über berühmte Spione.
Elisabeth Schlosser nahm es, blätterte darin, suchte den

Vater, fand ihn nicht, fand dagegen andere Männer, Biografien, Fotos.
Alle sahen sie gut aus, elegant, regelrecht smart, mit Zigarette im Mundwinkel und einer schönen Frau neben sich, einer sehr schönen Frau.

Wer Elisabeth Schlosser jetzt zugesehen hätte, in einer Buchhandlung von Gliwice stehend, in einem Buch über Spione blätternd, wenige Schritte entfernt von der Wohnung ihres Vaters, der als berühmter Sohn der Stadt in ebendiesem Buch hätte abgebildet sein können, hätte gesehen, wie sie immer langsamer wurde beim Umblättern, wie die Frauen sie zunehmend mehr interessierten als die Männer und wie sie zuletzt auf das Foto von einer Frau starrte, der alleine ein kurzes Kapitel gewidmet war, ihr allein, ohne einen Mann daneben: »Gerda Bruhn« stand darüber, und diese Frau war einmal frontal fotografiert, mit hochfrisierten Haaren, und ein anderes Mal von der Seite, auf Skiern, lachend und schlank, im karierten Pullover, ein schickes, schräges Karo, und Schal drüber, sie winkte dem Fotografen zu. Eine junge, eine strahlende, eine ehrgeizige Frau.
Wer Elisabeth Schlosser jetzt zugesehen hätte, hätte bemerkt, dass ihr eine Idee kam, und sie hing dieser Idee noch nach, als sie auf einer Bank saß, am Rynek oder am Ring, egal. Am Marktplatz eben.

In Katowice zurück, zieht sie sich um, zieht ein Kleid an, denn es ist wärmer geworden, deutlich wärmer seit gestern, und das Kleid ist kurz, und so geht sie mit bestrumpften Beinen in die Innenstadt – »Café Europa«.

Nur wenige Leute sitzen darin, die Tische am Fenster sind alle frei, aus den Lautsprechern leise Musik.
Elisabeth Schlosser hat ihr Handy bereitgelegt, die Schwiegertochter hat gestern gesagt, für eine Frau alleine sei es nicht gut, dort zu sitzen, Elisabeth fragt nach der Chefin. Guckt im Raum herum. Wartet. Die Musik ist geeignet zum Tanzen, dafür ist das alles gemacht – der polierte gewürfelte Steinfußboden, die Spiegelwand hinten und die Balkone oben, dass man tanzen und Tanzenden zuschauen kann.
Der Kaffee wird gebracht, mit der Tasse in der Hand wechselt Elisabeth Schlosser den Platz und setzt sich in eine Nische. Von hier aus sieht man alles, den Raum und die Straße draußen. Es ist eine Nische zum Ausruhen zwischen zwei Tänzen, und Elisabeth Schlosser hält ihre Tasse in einer Hand, lehnt sich an die Wand, hört der Musik zu, es ist wie im Kino, sie könnte hier ewig sitzen bleiben, aber wenn die Chefin herankommt, kehrt Elisabeth Schlosser an ihren Tisch zurück.
Auf einmal ist auch ein Mann da, klein und im Anzug, er stellt sich nicht vor, aber hier hat sich noch niemand vorgestellt, Elisabeth Schlosser auch nicht. Die ist auf einmal ganz wach und redet über eine Grenze, diese Grenze, die zwischen Kattowitz – das nun eben seit 1921 bereits Katowice hieß – und dem deutschen Gleiwitz einmal bestand, und dass Katowice da ein Treffpunkt gewesen sein könnte, zum Beispiel für Leute, die in Gleiwitz lebten, und solche, die dort nicht mehr leben durften nach 1933, aber in Polen sehr wohl. Eine halbe Stunde Zugfahrt, dann war man in Polen, sehr praktisch, nicht wahr?

Elisabeth Schlossers Gerede über die Grenze verwirrte die Chefin, oder war dieser Mann hier der Chef? Auf jeden Fall wusste die Frau offenbar ebenso wenig von dieser Grenze wie Elisabeth Schlosser noch vor einigen Stunden. Auch musste alles, was Elisabeth Schlosser redete, dem Mann im Anzug übersetzt werden, deshalb trug Elisabeth Schlosser immer dicker auf, sie dachte sich eine Geschichte aus.

»Café Europa«, sagt sie, »es wird ein Film.« Der Film könnte von einem Deutschen aus Gleiwitz handeln, der sich nicht mehr nach Deutschland traut, weil er gesucht wird, aber in Polen, da dürfte er sein, dort würde er nicht gesucht, aber wenn er seine Eltern treffen wolle, dann führe er einfach nach Katowice und die kämen dann auch mal herüber.

»Und was soll das für ein Film sein?«, fragt der Mann, dieser kleine Dicke im Anzug, und die Frau nickt dazu.

»Was soll das für ein Film sein?«

Nein, das sei natürlich noch kein Film, sagt Elisabeth Schlosser, der Mann habe auch noch eine Freundin, die treffe ihn auch hier. Ja, hier, warum nicht, sie komme aus Deutschland, da hat sie was ausspioniert.

»So?« Die beiden sehen sich an.

Es ist ein Glatteis, auf das Elisabeth Schlosser sich begeben hat, aber zurück kann sie auch nicht.

Jaja, es seien nun eben beide Spione, aber sie liebten sich auch, sie lieben sich und leben zusammen, in Warschau, wo sonst.

»Warschau ist weit«, sagt die Frau streng.

Ja, was könnten sie hier zu tun haben? Man sieht, wie angestrengt Elisabeth Schlosser nachdenkt.

»Sie haben gewiss von dem Sender Gleiwitz gehört?«
Langsam scheint es ihr mulmig zu werden, inzwischen ist es auch dunkel draußen.
»Der Sender, sie haben es herausbekommen, den Überfall«, denkt sie sich aus, »den Überfall, sie wissen es, sie wissen alles, sie treffen sich hier, und es wird ihre letzte Begegnung, am nächsten Tag kommen die Deutschen nach Polen rein und die Russen von der anderen Seite, die Frau geht nach Deutschland zurück und der Mann nach Moskau, verstehen Sie, aber hier, im ›Café Europa‹, da sehen sie sich zum letzten Mal, für immer, verstehen Sie?«
»Und dann?«, fragt die Frau.
»Und dann gehen sie so raus, beide, und sehen in die Straße rein, so zum Bahnhof, und da trennen sich die Wege.«
»Ach so«, sagt die Frau, »ja, es ist hier sehr nahe am Bahnhof, das stimmt.«
»Und wiederum auch nicht«, bekräftigt Elisabeth Schlosser, »man muss es kennen, man muss erst mal um die Ecke rum, nicht wahr, das findet nicht jeder, ein idealer Treffpunkt!«
Das kommt nun gar nicht gut an, Elisabeth Schlosser bemerkt es zu spät, sie hat schon die ganze Zeit das Gefühl, das hier, das könnte nicht ganz ihre Kragenweite sein, und murmelt nun, es sei nur so eine Idee, für das Café hier, weil es so schön sei, so geeignet für einen sentimentalen Film, schon mal die Blicke von den Balkonen und dann die Vorstellung von Stehgeigern vor der Spiegelwand und der Kamerafahrt weit von hinten an all den Tanzenden vorbei, durch diese großen Scheiben auf die Straße hinaus …
Alle drei sehen zu den Fenstern, draußen die Grünanlage.

»Dort stand die Synagoge«, sagt die Frau.
»Oh«, sagt Elisabeth Schlosser, »schon wieder?«, und dann wird sie bedauern, dass die Stadt so gelitten hat im Krieg, die vielen leeren Plätze, der Bahnhof, es müssen schwere Bombardierungen gewesen sein, worauf der Mann stutzt, den Kopf schüttelt, nicht eine einzige Bombe sei gefallen, aber die Kommunisten hätten einiges abgerissen für Neubauten. Er beugt sich dann nahe zu ihr über den Tisch.
»Madam«, sagt er, »was wollen Sie hier?«
»Ich bin hier schon einmal gewesen«, sagt Elisabeth Schlosser, und jetzt sieht sie dem Mann direkt ins Gesicht. »Ich war hier mit meinem Sohn, er war acht Jahre alt, wir kamen aus Berlin und stiegen morgens hier aus, es war im Sommer, das Café war nicht so schön wie jetzt, aber es hatte sehr früh am Morgen geöffnet, das ist zwanzig Jahre her, verstehen Sie, das war 1980, und ich habe es nie vergessen, und er auch nicht, die Kinder sind hier herumgetanzt, wissen Sie, es war schön.«
»Das stimmt«, sagt die Frau, »es hieß schon damals ›Café Europa‹. Das stimmt. Es war immer ein Café.«
Der Mann steht nun auf, er kann das nicht mehr ernst nehmen oder sucht jemanden, egal, er geht ab, kopfschüttelnd ist er verschwunden in der Tiefe des Raumes, und die Frau sieht ihm nach, mit dem ganzen Körper sieht sie ihm nach, den Rücken verdreht, ihr Kleid hat einen Ausschnitt, diskret, könnte man sagen, und sein Rot ist nicht zu rot, nur kurz ist es, aber wiederum für eine Barfrau okay, allerdings ist sie in diesem Moment keine Barfrau, sie ist eine Frau, die ganz andere Gedanken im Kopf hat als Elisabeth

Schlossers Fantastereien und das ganze, so neu renovierte Café. Der Mann war das Wichtigste, jetzt ist er weg.
Elisabeth Schlosser steht ebenfalls auf, ganz wohl scheint ihr nicht zu sein, schließlich wurde sie beobachtet, aus welchem Grund?
Sie geht an die hochpolierte und unendlich lange Bar aus Messing, sie ist immer noch der einzige Kunde, wovon leben die hier? Na, sie zahlt ihren Tee, nickt der Frau zu, schummelt sich raus, atmet auf, wenn sie Land gewonnen hat, so etwa in Höhe des Bahnhofs atmet sie auf.
Der steht da, nach hinten geschoben wie immer, die Betontreppe über den Platz gestreckt, Händler sitzen darauf, Busse fahren unter der Treppe durch, alle Straßen sind hier irgendwie verbunden, verknotet, und der Bahnhof, ein Bauwerk, das man früher als *Neubau* bezeichnet hätte, als *Modernes Gebäude,* ist das abgeschabteste, düsterste Haus am Platze.

Es war nun offenbar Zeit, an die Abreise zu denken, jedenfalls sagte Elisabeth Schlosser Danuta so etwas am Telefon, sie hatte ihr Handy aus der Tasche gezogen, so telefonierend lief sie unter der Eisenbahnbrücke hindurch zu ihrer Pension, und Danuta sagte die gemeinsame Verabredung am Abend ab, weil sie mit Basia eine Hausarbeit schreiben musste. Elisabeth Schlosser fragte, ob die heute besser gegessen hätte, aber die Verbindung über das Handy war schlecht, keine Zeit also, man würde sich nicht mehr sehen.
In ihrem Zimmer saß Elisabeth Schlosser nun alleine, sie betrachtete die Kopien der Adressbuchseiten, auf denen

der Name ihres Großvaters erschienen war, da stand er tatsächlich immer noch und war nur ein Name, 16 Buchstaben, mehr wusste sie nicht über ihn, und dann lag sie lange auf ihrem Bett und starrte an die Decke.
Elisabeth Schlosser hatte das Radio angestellt, unaufhörlich wurde darin gebetet und gesungen, polnisch natürlich, in unendlichen Varianten. Mal eine Frauenstimme, mal Mann und Frau, mal Kinder, mal alte Leute, alleine oder im Chor oder wieder zu zweit, immer hörte sie das Wort »wina« heraus – Schuld – und »kara« – Sühne – und »bog« – Gott.
Gesang und dazwischen die Ansage, dass das hier »Radio Maria« sei und für alle Polen spreche, und wieder Gebete und Gesang, Gebete und Gesang, sie schlief ein.
Nachts weckte Lärm sie auf, Gesang, Geschrei, Hopsen und Rufen, ein Fest. Ganze Lieder wurden da gesungen, eine Strophe nach der anderen, diese Leute konnten sieben, acht Strophen singen von ein und demselben Lied, und immer andere Lieder, bis in die Morgenstunden, man sang aus vollem Halse, Elisabeth Schlosser blieb wach, zog sich irgendwann an, packte den Koffer und verließ die Pension.
Es war zu früh.
Elisabeth Schlosser hatte noch eine Stunde Zeit bis zur Abfahrt des Zuges zurück nach Berlin, langsam schritt sie diese nun schon gut bekannte Straße lang, den Koffer auf Rollen hinter sich herziehend, irgendwie unwillig sah das aus, und als sie unter der Unterführung hindurchgegangen war und der große Bahnhof zum Greifen nahe schon auf der linken Straßenseite stand, blieb sie stehen, weil sie noch Zeit hatte, herumguckend wie ein Tourist, und las

das Straßenschild an der Ecke: »Ulica Dworcowa«. Bahnhofstraße.
Obwohl diese Straße nicht zum Bahnhof führte, sondern nur in einiger Entfernung daran vorbei, hieß sie Bahnhofstraße.
Elisabeth Schlosser stand unter dem Straßenschild »Ulica Dworcowa«, abgewandt vom Bahnhof stand sie da und sah nach rechts, sah dorthin, wo diese Bahnhofstraße hinführte, und da sah sie einen Bahnhof.

Es war ein Gebäude mit drei runden Bögen aus Glas und Metall, ein alter Bahnhof eben, sogar das Dach verglast, so wie zur Zeit ihres Großvaters gebaut wurde, dorthin führten Bäume, fein rund beschnitten, auch ein Platz schien dort zu sein, und das alles hatte Elisabeth Schlosser nicht gesehen in den drei Tagen hier in Kattowitz, nicht mal geahnt.
Sie sah auf die Uhr – zwanzig Minuten Zeit hatte sie noch, lief los, den Koffer hinter sich herzerrend, es war nicht weit, die Bahnhofshalle offen, drinnen wurden Teppiche verkauft. Ein riesiger Basar für Teppiche war es jetzt, ein Händler stutzte, als er sie mit dem Koffer hereinkommen sah, lachte, aber da war sie schon wieder draußen und sah in die Runde.

Sie stand auf einem gänzlich verlorenen kleinen Platz, von hohen Häusern umrahmt, die alle grindig, kaputt, abgefleddert waren wie in einem schlechten Traum. Eines schien ein großes Hotel gewesen zu sein, »Metropol« stand in schwungvoller Leuchtschrift daran.

Erloschen und bis in die fünfte Etage leer war dieses Haus, ein riesiges Haus, wie ein Schiff stand es da und bildete die Ecke in eine Straße hinein, eine enge hohe Straße direkt gegenüber dem Haupteingang des Bahnhofs, und als Elisabeth Schlosser sie betrat, einen Korridor eigentlich, einen dunklen Schacht, war klar: Hier sind die Menschen früher entlanggelaufen.

Hier klopfte der Puls dieser Stadt in all den Jahren, von denen sie der Frau in dem »Café Europa« erzählt hatte, nur hier konnte jeder, der Kattowitz vom Bahnhof aus betreten hat, langgegangen sein, und sie hatten die Städte alle vom Bahnhof aus betreten, alle!

Das Dunkle und Enge dieser Passage führte auf den großen Platz, einen derartig leeren und weiten Platz, mitten in Katowice, dass sie ihn für ehemals bombardiert gehalten hatte, und den sie hier »Rynek« nannten, Markt.

Das »Café Europa« befand sich aus dieser Sicht weit weg, weit, irgendwo hinter dem Warenhaus, das nun links an der Peripherie des Bildes stand. Und Elisabeth Schlosser, die das alles sah, sah es immer noch aus der engen, dunklen und gänzlich leeren Straßenschlucht mit dem ausgehöhlten Hotel »Metropol«, sah auf die Uhr und rannte beinahe, nun quer über den Markt am Warenhaus vorbei, die Straße mit den Innenhöfen entlang, weiter, weiter, bis der stumpfe neue Bahnhof zu sehen war, seine den Vorplatz überspannende Freitreppe aus Betonplatten und die Kioske darunter, Bettler, alte Frauen mit Blumensträußen. Ein Bild der Verwahrlosung.

Liebe Sonja!

Diesen Brief schreibe ich im Zug nach Berlin, und auf meinen Knien, denn so wie ich nun Polen verlasse, so hastig und mich losreißend geradezu, so muss ich mich Ihnen mitteilen, sofort und in dieser Umgebung, zwischen den Schlackehalden dort draußen, den bröckelnden Viadukten und Backsteingebäuden mit zerschlagenen Industriefenstern. Sonja, ich habe diese Olga noch nicht gefunden, die mir vor Augen steht, derentwegen ich losfuhr, diese Bedrückung, aber die Suche nach dieser Frau hat mich nach Gleiwitz geführt, in die Stadt meines Vaters hat sie mich geführt, und dort habe ich eine Frau gefunden. In einem Buch habe ich sie gefunden, in Gleiwitz, in einer Buchhandlung stand es auf dem höchsten Bücherstapel, es war ein Buch über berühmte Spione, und darin befand sich das Bild einer Frau, und im Text darunter sein Name. Es hieß, sie hätten zusammengelebt, mein Vater und sie, in Warschau zuletzt. Sie starb unter dem Fallbeil, hatte auch da gestanden, sie wurde hingerichtet in der Stadt, in die ich nun wieder fahre, Sonja – Berlin.
Nichts davon hat mein Vater mir jemals erzählt, der dort immer noch lebt, Sonja, dort im Krankenhaus hinter dem Hackeschen Markt wach liegt zu jeder Zeit.
Und von hier ist er einmal gekommen, aus dieser Weite da draußen, gerade fahren wir an Ruda Śląska vorbei, dieser Stadt, in der immer so viele junge Leute einsteigen, ein vergessenes Gefühl, Sonja, zwischen ihnen die Bahnhofstreppen hinunterzusteigen, sie lachen ja immerzu, reden, und alles, was mein Vater mir jemals an Heiterem, Gutem

und Einfachem aus seinem Leben erzählte, war hier gewesen, Sonja, es fällt mir schwer, von hier wegzufahren, und ich verstehe Sie immer besser, dort hinten im mährischen Brünn, nur, dass Sie dort nicht mehr bleiben wollen, das verstehe ich nicht.

Hätte ich so einen Ort, so ein Städtchen wie Gleiwitz mit seinem Markt auf dem Hügel und seinen Arkaden oder Kattowitz, düster und groß, ich würde bleiben. In Gleiwitz würde ich einen Knopfladen eröffnen und in Kattowitz ein Kino für Liebesfilme, für beide Geschäfte würde ich die Räume in einem dieser hohen, ehemals reichen Häuser mieten, die sämtlich in der Zeit gebaut und bezogen wurden, in der Sie Hauslehrerin waren bei dem Ingenieur Parizek und Ihr Vater als Lokomotivführer die Welt befuhr im Geiste der Lokomotiven und der Liebe.

Denn diesen glaubte ich in Katowice allerorten zu spüren als Melancholie.

Auch können Sie gar nicht ermessen, wie wichtig mir Bahnhöfe wurden, auf dieser kurzen Reise nach Polen. Diese Reise, sie kommt mir vor wie eine Ewigkeit und ist voller Schienenstränge und Bahnhofshallen und Bahnhofstreppen, Sonja, bis zu der letzten Minute, und ich habe dabei meinen Sohn vergessen, dort in dem Haus am Hackeschen Markt, und das Haus nun wiederum hat seine Besonderheit verloren in meinen Augen.

Solche Häuser wie unser grünes habe ich in den letzten drei Tagen zuhauf gesehen, ja höhere, schönere, reichere auch, und meine Großeltern lebten darin, ja stellen Sie sich vor, Sonja, ich hatte Großeltern, richtige Großeltern,

ihren Namen fand ich gedruckt in den Adressbüchern der Stadt Gleiwitz.
Sie sind dort tatsächlich spazieren gegangen, mit ihren Söhnen entlang am Kanal und zum Markt, der um die Ecke war von ihrer Wohnung, und das Licht auf dem Markt sah ich morgens und nachmittags, liebliches Licht, Sonja, und am heitersten war diese Straße vom Bahnhof hoch in die Stadt, über Brücken sogar, und dort wird auch die fremde Frau spaziert sein, am Arm ihres Freundes, Verlobten, was weiß ich, jedenfalls meines Vaters, er wird sie hingeführt haben zum Hause der Eltern, und sie hat die gleiche Stadt gesehen wie ich nun auch, dieselben Erker und Wimpel auf den Türmchen der Eckhäuser, alle die weit geschweiften Balkone und Fensterverzierungen, als den Ort ihres Liebsten und seiner ernsten Eltern.
Denn es war ja mein Großvater damals ein Stadtverordneter und Doktor der Medizin und seine Frau eine Mutter in reiferen Jahren, und sie war ein junges Mädchen aus Berlin-Lichtenberg, diese Gerda. Gerda hieß sie, nicht Olga, doch wer weiß, vielleicht wird ja auf diesem Wege auch eine Olga zum Vorschein kommen, Sonja, es graut mir ein wenig. Ich will nicht zurück nach Berlin.
Und übrigens regnet es nun, es regnet so sehr, dass ich Gleiwitz nicht mehr erkennen werde, was die nächste Station ist, wenn Sie sehen könnten, Sonja, wie es regnet! Der Schaffner schließt die halb offenen Fenster im Gang, denn das Wasser läuft die Wände herunter, es steht schon einen Zentimeter hoch auf dem Boden des Gangs, so sehr regnet es, dass es kaum zu glauben ist, und dort, hinter den

vom Wasser ganz undurchsichtigen Scheiben, liegt Gleiwitz, Gliwice.

Diese Stadt habe ich drei Tage betrachtet, begangen, Sonja, und alle Adressen gefunden, die Häuser fotografiert, die Stufen zu all den Wohnungen, wo sie lebten, aber kein einziges Bild gefunden, kein Gesicht, woher auch, nichts, Sonja, nichts, es ist gar nichts mehr da, nur das Gesicht dieser Frau.

Wo ich doch losgefahren war wegen dieser Bedrückung, dieser Vorstellung, ich könnte eine andere sein, eine, die ich mir unter dem Namen Olga vorstelle, nun, wie gesagt, die ich fand, die hieß Gerda, nicht Olga, und sie ist mir nicht ähnlich, ganz im Gegenteil, verwegen sah sie aus, kühn, tollkühn regelrecht, und sie lachte auf jedem Bild.

Alle diese Eigenschaften haben mir immer gefehlt.

Warum eigentlich?

Und wie kann ein Mensch so verschwinden?

Von meinen Großeltern, Onkeln und Tanten wusste ich doch wenigstens, dass sie einmal auf der Welt gewesen waren, und ein ruhiges Leben hatten sie geführt, ein mäßiges, bürgerliches, mit Sonntagsausflug und Geld für die Armen und geachtet von ihren Nachbarn. Als ich die Wege lief, die sie täglich gegangen waren, war mir so wohl gewesen, Sonja, etwas Sanftes und Müdes hatte in der Luft gelegen, und auch noch in den Augen einer Archivarin, die dort mir freundlich entgegenkam, hatte ich es gesehen, ein *Endlich, jetzt ist sie da.*

Und das war, weil ich von ihnen gewusst hatte, immerhin das – kein Foto, kein Stuhl und keine Brosche, die ihre

Hände schon einmal berührt hatten, haben mich jemals erreicht, und doch – wir wussten voneinander – oder eben: Ich wusste von ihnen.

Für diese Gerda aber hatte es kein Vorzeichen gegeben, nur eine Seite umgewendet in einem Buch, und da war sie, und was von ihr ausging, das war nicht sanft. Es war eher ein Paukenschlag. Diese Frau, Sonja, soll viele Jahre mit meinem Vater gelebt haben, und sie verließen einander erst, als die deutschen Truppen in Warschau einmarschierten, sie reisten in zwei verschiedene Richtungen, Ost–West, Berlin–Moskau, oder, um es in der Sprache der Eisenbahner auszudrücken: Sie reisten mit demselben, Ihrem Vater sicher bekannten »Nordostexpress Paris–Moskau«, mit derselben Linie also, nur der eine eben nach Moskau und der andere nach Berlin. Als ihr Kopf fiel, Sonja, war ich bereits gezeugt.
Ja, ich war abgeschossen sozusagen, ich war schon unterwegs in diese Welt hier, als ihr Kopf fiel, ich baute mich bereits auf, Sonja, mit anderen Worten, es gab mich schon, wenn Sie verstehen, was ich meine. Falls es eine Wiedergeburt geben sollte, in meinem Körper jedenfalls kann ihre Seele nicht stecken, es passt nicht.
Es passt ungefähr, aber genau passt es nicht. Außerdem: Wenn es so wäre und sie lebte in mir fort, dann hätte niemand Veranlassung gehabt zu sagen, ich sei die Falsche, dann wäre ich mit mir doch im Reinen, nein, ich bin es nicht, aber wiederum – erst einmal in solche Nähe meines Vaters geraten, auf der Suche nach diesem »Café Europa« kam mir nichts anderes in den Sinn als die Vorstellung,

dass es ihr Café hätte sein können, das Café von dieser Gerda, und dass es dort einen Abschied gegeben hatte, einen endgültigen, entsetzlichen Abschied, und auch ich hätte dort meine Liebe verloren.

Der Ort selbst, Sonja, »Café Europa«, ist aufpoliert und angestrichen inzwischen, aber leer, entleert geradezu gegen meine Erinnerung an den Sommer der achtziger Jahre, tot gegen die Menschenfülle der Dreißiger, wo ja auch gegenüber die große Synagoge von Kattowitz noch gestanden haben soll und die Menschen großen Wert auf ihr Erscheinungsbild legten, besonders beim Eintreten in ein volles Café Blicke schweifen ließen und selber betrachtet wurden – nichts davon heute.

Ich ging mehrmals hin, stellte mir vor, mein Vater, jung und in langem Mantel, mit Hut und Aktentasche unter dem Arm, kommt herein und diese energische junge Frau auch, und das Café ist voll, und er kommt aus Warschau, weil er in Deutschland gesucht wird, und sie hat gerade die Eltern in Gleiwitz besucht, seine Eltern, und erzählt, dass die fürchten, ihn nie mehr zu sehen, und dann gibt es noch diese Nachricht, die Nachricht der Nachrichten, dass der Krieg beginnen wird am nächsten Tag, und erst danach, was zu tun ist, wer wohin geht, und das alles in einer Stunde in einem großen Café mit Treppe zu den Balkonen, einem vollen Café, wo man kaum auffällt. Ein Kaffee, ein Kirsch, ein Händedruck, ein Kopfnicken – nur Mut! – und dann eben, dann wird wohl jeder für sich und in andere Richtung das Café verlassen, da geht es schon los, das Ende.

Sechs Jahre später wird ein Blatt umgewendet sein in der Weltgeschichte, alles, alles, alles umgewendet, und in dem Trümmerfeld, wo der Mann landet, wird ihn keine Frau erwarten, und wenn er auf ein Flugzeug wartet, wird eine andere Frau kommen und ein Kind, und dieses Kind wird ein halbes Jahr älter sein als der Tod dieser Frau im Café.

So etwas zu denken, Sonja, so was sich auszumalen, das baute mir die Sinnlichkeit wieder auf im »Café Europa«, erhöhte die Treppe und verbreiterte die Balkone, das passte dann wieder, das hatte einen Klang, und so saß ich da und fantasierte mir manches zusammen, bis ich sogar einmal aufstand von meinem Tisch und ging quer über die Tanzfläche, setzte mich für einen Moment in eine der mit Samt ausgeschlagenen Nischen, und plötzlich war mir so atemlos wie zwischen zwei Tänzen, und ein Gefühl, als ob ich nackte Schultern hätte und gleich ein Mann sich danebenwerfen würde, im Schwung alles, im Lachen und Trinken, eine Welle war es, die mir den Atem verschlug für eine Sekunde, oder für zwei, aber das, Sonja, war ja in Wirklichkeit nur eine Erinnerung an diese Abende eben, die es in Ihrem Leben sicher auch gegeben hat, diese grellen, vertanzten Nächte mit einem Mann, den man liebt.
Ich fühlte dort im Café meinen ewigen Geliebten ganz in der Nähe, für eine Sekunde fühlte ich ihn, Sonja, aber ob er nun mich meinte oder jemand anderen, das weiß ich immer noch nicht.

Draußen fährt jetzt Wroclaw vorbei, Breslau, so hieß das früher, und man kann in die Fluchten der Straßen sehen.

Alles alt, verschlissen, stehen geblieben wie damals in Berlin, als wir aus Leipzig kamen, Georg Schlosser und ich. Und damals liefen wir genauso selbstverständlich und schnell dazwischen herum wie jetzt die Leute dort draußen.

Wie lange habe ich meinen Sohn nicht gesehen – einen Monat? Zwei? Ich weiß es nicht, ich fühle kein schlechtes Gewissen deswegen, ich fühle, um es ehrlich zu sagen, gar nichts, nur ein Mitgefühl mit dieser Frau, dieser Gerda, die damals alleine zurück nach Berlin fuhr, das fühle ich, es ist die Wahrheit.

Eine Kommunistin, Sonja, eine Berliner Kommunistin. Wusste sie von den Lagern in Russland, den Verhaftungen, Enteignungen, Foltern und Mord?

Sie hätte *Nein* gesagt, nehme ich an, und enteignet hätte sie selber in ein paar Jahren, ein paar Jahre später wäre sie als eine der überzeugten Genossinnen rumgelaufen, eine von den vielen, die ich erlebt habe, grad aus dem Zuchthaus entlassen und Tag und Nacht arbeitend, arbeitend, damals hieß es, eine bessere Ordnung wird aufgebaut, heute heißt es, sie haben ihre Gefühle unter der Arbeit begraben, ja, so was kann es geben.

Habe ich doch gerade erst selber in Kattowitz einen unerwarteten Schmerz gespürt.

Denn als ich ankam und sah, dass die Stadt so geblieben war, Katowice, wie wir es an dem frühen Morgen vor zwanzig Jahren betreten hatten – der Bahnhof mit seiner Freitreppe aus Beton, ja, dass das Ganze dem Osten, wie er damals gewesen war, immer noch ähnlich sah, dem ganzen versunkenen Land –, da konnte ich es zum ersten Mal in meinem Herzen spüren, dass es weg ist und wie es gewesen war. Ich, die ich es immer gehasst hatte, fühlte einen Schmerz, und das kam von dem Licht, Sonja, abends in der Straße zu meiner Pension, der Ruhe, in der so viele Menschen von der Arbeit nach Hause gingen, mit Netzen und Beuteln, vom Geruch der Abgase und Bahnanlagen, und auch von dem Boden, auf dem ich dort lief, hucklig und tausendfach repariert. Mein Leben lang bin ich auf so was gelaufen, auf Straßen und Trottoiren, wie sie in Katowice noch still und jeder verschieden verkrümmt und geflickt so daliegen.

Dort draußen schieben Felder vorbei, leere, zerstörte Fabriken, daneben dann billige Häuschen mit Garten, ordentlich, ordentlich, die Obstbaumstämme alle gekalkt, ja, das ist die Welt von gestern, und die Misswirtschaft der Kommunisten ist es auch, die mich nun schließlich sogar noch zu Tränen rührt, Sonja, wie empörend, wie sentimental, was liegt dort noch auf dem Grund meiner Seele, was hat sich dort angesammelt?

Und hätte sie überlebt, diese Gerda, wie wären wir uns begegnet? Als Freunde? Als Feinde?

Was hätte sie gesagt, wenn sie erfahren hätte, dass mein Sohn nicht mehr essen will, dass Georg Schlosser verrückt geworden ist, dass ich durch die Gegend rase, meinem Verstand hinterher.

Auf Schienen natürlich, Sonja – ich kann nicht Auto fahren, und ich bin sehr gut ohne solch eine Kiste zurechtgekommen, mein Leben lang, und wenn ich im Zug saß, früher, da schrieb ich an meinen Dramen, aber seit mein Sohn nicht mehr essen will, schreibe ich gar keine Dramen mehr.

Zumal sie ja doch nicht gespielt werden, alles Makulatur, Sonja, und ein Königsdrama ist nicht darunter, so schlau bin ich selber, es ist mir nicht gelungen, ein solches zu schreiben.
Aber als ich in Katowice auf dieser endlosen Straße zwischen Bahnhof und Pension entlanglief, zweimal täglich, eine unansehnliche, düstere Straße neben den Gleisen, und auch in dem »Café Europa« und erst recht vor dem Bahnhof, dem alten, vergessenen Bahnhof mit dem Hotel »Metropol« gegenüber, das bis in die fünfte Etage hoch leer stand mit seinen zerschlagenen Fenstern, da ist es mir mit einem Schrecken eingefallen: Das Drama, das Königsdrama, es hat ja tatsächlich stattgefunden, es hat eins gegeben, aber meins war es nicht, es war das von dieser Gerda.

*

Nach dieser letzten, etwas wirren Eintragung ließ Elisabeth Schlosser ihre Aufzeichnungen sinken, schlief ein wenig, ans Fenster gelehnt, wo ihr Mantel hing, draußen die Sträucher hatten bereits kleine grüne Blätter, auch die Waldanemonen hätte sie blühen sehen können vor Słubice, erwachte aber erst, als die Grenzkontrolle kam, sah unwillig auf die vorbeirollende Stadt Frankfurt an der Oder, zog bei der Durchfahrt durch Fürstenwalde bereits ihren Mantel an und stieg am Ostbahnhof aus. War es ein Zufall, dass sie den Bus Nummer 188 stehen sah, der ja bekanntlich durch die Spandauer Straße fährt, diese Straße, von der es nicht weit ist zum Krankenhaus, wo ihr Vater lag?

Auf jeden Fall ist es dadurch erklärlich, dass man Elisabeth Schlosser schon eine Viertelstunde später die Korridore des Krankenhauses entlanglaufen sah, den Koffer hatte sie wohl beim Pförtner stehenlassen, und dann auf der Bettkante des Greises sitzen, der sich ihr zugewandt hatte, aber erkannte er sie auch? Diese müde, verschwitzte, nach den Reisewagen der Bahngesellschaft PKP riechende ältere Frau?
»Papa«, sagte Elisabeth Schlosser, »ich war in Gleiwitz.«
Er hob eine Augenbraue, senkte sie wieder, nickte.
Elisabeth Schlosser atmete auf, sie nahm seine Hand.
»Ich war in der Wilhelmstraße. In dem Haus mit den grauen Fliesen an der Fassade. Dort, wo ihr gewohnt habt, war ich und bin auch die Treppen hochgegangen, es waren eiserne Stufen mit kleinen Löchern drin.« Hörte er das?
»Ich war am Kanal, am Theater und dahinter, da steht eine Villa mit großem Garten, wem gehörte die eigentlich? Wer hat dort gewohnt?«
Er hörte wohl doch nicht oder hörte nicht hin.
»Es hat mir gefallen«, sagte sie nun etwas lauter. »Warum sind wir niemals dorthin gefahren?«
Nein, er hörte nichts, er schwieg und reagierte auf keines der Worte, stattdessen begann er, sich die Stirn zu reiben, er atmete tief ein und aus, sagte: »Du weißt, wo wir uns treffen, wenn wir uns verlieren?«

Ja, das wusste sie, das hatte er ihr als Kind in den vollen Warenhäusern erklärt – man trifft sich dort, wo man sich zuletzt gesehen hat.
Aber sie waren jetzt nicht in einem Warenhaus.

Sie waren auch früher sehr selten in Warenhäusern gewesen, den Satz allerdings hatte er häufiger gesagt. Und auf einmal wurde ihr klar, dass dieser Satz Gerda gegolten hatte, mit der hatte er sich so beim nächsten Mal getroffen, ohne Absprache, nicht mal mit einer Adresse, und als Elisabeth Schlosser das klar wurde, öffnete sie den Mund und sagte gar nichts.

»Es hat immer geklappt«, sagte der Vater jetzt. »Warum kommst du so spät? Nachts kann man nicht schreiben. Niemand kann nachts was Vernünftiges schreiben, du auch nicht, das weißt du doch.«

So hatte Elisabeth Schlossers Vater immer mit ihr gesprochen, immer so, über die Arbeit und über die Tagesnachrichten und die Zeitungen und was drinstand und was nicht drinstand, es war nichts Besonderes daran, schon als Kind hatte sie das gehört, es war das Normale, aber nachts jetzt, in dem kleinen Zimmer Haus 3, zweiter Stock, war es gut, dass sie saß, auf dem Bett. Sie hätte sonst umfallen können, schwindlig war ihr schon, und das nicht wegen der langen Zugfahrt, nein, Elisabeth Schlosser näherte sich – äußerlich ganz unbewegt – innerlich mit Riesenschritten einer Einsicht, einem bisher versperrten Gedanken. Es war ein einfacher Gedanke: Er hatte mit ihr gesprochen wie damals mit dieser Gerda, und sie hatte es angenommen.

Die Rolle, sie hat nicht gepasst.

So einfach war das? Elisabeth Schlosser war nicht zufrieden.

So einfach sollte etwas sein, was ihr das ganze Leben verdreht hat, verschwurbelt wie einen schlecht gelungenen Marmorkuchen? So unabgetrennte Teile, gar nicht schön abgegrenzt, der helle Teig und der braune, nein, alles verwischt und ineinandergerührt – und dann doch wiederum ganz einfach, läppisch, zum Erbrechen simpel – eine erste und nicht beendete Liebe, so what?

In dieser Nacht hat Elisabeth Schlosser es nicht eilig, nach Hause zu kommen. Wohin auch? Zurück in ihr grünes Haus oder wieder zu Rosie und unter die Bananenpflanze, Charlottenburg also?
Sie weiß es noch nicht, und sie hat es nicht eilig, sie geht erst mal nur um die Ecke, und da ist Mannes Haus mit dem alten Café, und es scheint zu leuchten, obwohl doch die Vorhänge zugezogen sind, es scheint, dass da Licht brennt, und Musik kommt aus einer Musikbox.
Sie würde aber später etwas von einem Radio erzählen, und es sei dunkel gewesen und man habe Zigaretten verteilt, jedem zwei Schachteln, und eine Frau Behr habe das getan, im Namen ihres Mannes Karl, den sie verhaftet hätten. Der hatte die Ware im Keller versteckt, in drei großen Säcken, so hieß es.
Elisabeth Schlosser würde diese Nacht als unvergesslich bezeichnen, weil es ein sehr großer Raum war, den sie auf einmal betreten durfte und dass es sehr lebhaft darinnen gewesen wäre, warm und beschwingt geradezu, und alle seien da gewesen.
Der Steinmetz, der Kohlenträger, die beiden Schwestern vom Milchgeschäft und die beiden Schwestern vom

Möbelgeschäft, und die Chefin von »Ritas Tanzpalast«, und Frauen in Kostümjacken und kurzen Röcken hatten serviert, ja serviert, und zwar gab es Kohlrouladen, und immerzu wurde das Radio lauter gestellt, und ein Mann mit schlechten Zähnen hatte sie zum Tanzen aufgefordert. Dieser Mann hieß ebenfalls Karl, so wie der Mann von der Wirtin, aber dieser hier war der bekannte Halbjude aus der Straße, und der hatte nur überlebt, weil sie ihn in dem Krankenhaus hier in der Straße operiert hatten, als er dann aber draußen war, da hat er immerzu Leute als Nazis angezeigt, so undankbar ist der gewesen, das wusste Elisabeth Schlosser schon lange, sie hatte ihn immer schon sehen wollen, und dieser Tanz war nun der Schlusspunkt ihrer langen Abwesenheit von dem grünen Haus. Aber eben auch nicht.
Denn zum Schluss von dieser altmodischen Art, eng und angefasst miteinander zu tanzen, hatte sie rasende Angst, Elisabeth Schlosser, denn sie sah alle Blicke auf sich zukommen, alle Gesichter und Köpfe und offenen Münder, wie ein Wind regelrecht, und der schob Elisabeth Schlosser dem Mann an die Brust, und sie sah aus der Nähe die Augen von diesem Karl, und erst das war der Schlusspunkt ihrer langen Abwesenheit von dem grünen Haus.

Bei Rosie in der Uhlandstraße klingelte das Telefon. Es war Elisabeth Schlosser. Sie war zurück aus Polen und gleich in ihre Wohnung gegangen. Sie bat Rosie zu kommen.
Als diese endlich am Hackeschen Markt einen Parkplatz gefunden hatte und in dem grünen Haus die Treppen zur

dritten Etage hochgestiegen war – und diese Treppen waren nicht gewischt und nicht gefegt und gebohnert schon gar nicht –, fand sie die Freundin verwirrt.
Elisabeth Schlosser war imstande, Kaffee zu kochen und zwei Tassen auf den Tisch zu stellen, aber das war auch alles.
Sie redete von Juden und von Radiomusik und davon, dass die gesuchte Olga Gerda geheißen habe in Wirklichkeit und schon lange tot sei, während ihr Vater noch lebe, und dass sie das alles satthabe.

Es gab nichts zu essen in der Wohnung, die übrigens leer war, kein Mensch außer Elisabeth Schlosser, und das hieß, der Sohn war weg.
Darüber sprach Elisabeth Schlosser aber gar nicht, und das war besonders beunruhigend, war es doch seit dem Winter immer nur um ihn gegangen!
Stattdessen solle Rosie mitkommen in ein Café, und zwar gleich, also nachher, wenn es dunkel geworden wäre, und dann würde man ja sehen.
Es war aber gegen vier Uhr nachmittags, was sollte bis dahin geschehen?
Rosie hatte ihre Arbeit unterbrochen, den Computer stehenlassen, aber sie musste noch heute Abend eine Grafik liefern, es ging also gar nicht, aber erst mal sagte sie nichts. Sie sah die Freundin an. Deren Hände zitterten.
Egal, ob sie eine Tasse zum Munde führte oder eine Tüte mit Keksen suchte – die Finger zitterten, ja die ganze Hand. Schließlich fing Rosie sie auf und hielt sie fest, es nutzte nichts. Sie war nun selber angeschlossen an eine

Schwingung des Zerfalls. Elisabeth Schlosser zerfiel vor ihren Augen, so war es.

Mal sprach sie von Polen, von einem alten Bahnhof in Kattowitz, in dem nur noch Teppiche verkauft werden, dann wieder von einem Händler, der seine Zigaretten im Keller in Säcken versteckt und erschossen wird, wenn man die findet, dann wieder von einer Tanzfläche in einem Café, die herrlich gefliest ist mit hellbraunen und weißen Fliesen und kleinen Nischen in der Wand, die mit Samt ausgeschlagen sind.

Es war alles verworren und alles verdreht, wahrscheinlich wusste sie in diesem Augenblick nicht einmal, wer sie war. Aber auch das war nicht neu, und als Rosie an dem Punkt angelangt war, fiel ihr ein, dass sie Elisabeth Schlosser gerade aus diesem Grunde die Hypnose vermittelt hatte. Das bereute sie jetzt.

Man soll nicht zu viel wissen wollen. Man soll alles lassen, wie es ist.

So lebte sie selber, und das ging gut. Es gibt die These, dass der Mensch sich alles Unheil ersparen könnte, wenn er nur zu Hause bliebe, und wenn es jemanden gab, dessen glückliches Leben als Beweis für diesen Satz gelten könnte, dann war es Rosie.

Zwar hatte sie durchaus dem Osten den Rücken gekehrt, Arbeitsstellen gewechselt und Männer sogar, aber das Bild am Ende war immer dasselbe – das Bild einer schönen, wohlhabenden Frau, und so saß sie auch da, gegenüber am Tisch. Einen Schal um den Hals und die Hände geölt und die Nägel lackiert.

In einem ruhigen Leben ist Zeit für so was.

In so einem Leben gibt es auch keine Möbel vom Trödel und keine Papierstapel überall auf den Stühlen. Es ist überhaupt jeder einzelne Gegenstand in so einem Leben von Sorgfalt und Ruhe umgeben, das war es, was der Freundin schon immer gefehlt hatte, aber nun war ein Punkt erreicht, an dem es so nicht mehr ging, jedenfalls nicht mit Rosie, die nun nach dem grünen Haus fragte, warum es immer noch nicht renoviert sei und ob hier überhaupt noch jemand wohne außer Elisabeth Schlosser.

Dabei betrachtete sie die Fensterscheiben, wo alle Schneeflocken dieses Winters Wasserflecken hinterlassen hatten. Die Fenster sahen grau aus davon, beinah undurchsichtig, jetzt, im Mai, wo die Sonne schien.

»Fenster lassen sich putzen«, sagte Elisabeth Schlosser. »Man tut es, oder man tut es nicht.« Geld für eine Putzfrau hätte sie allerdings keines.

Rosies Antwort war ungewöhnlich.

»Wenn du dir das leisten kannst.«

Was bitte meinte sie?

»Alles.« Wie Elisabeth Schlosser lebte, wie sie aussah, was sie machte – alles!

Und der Ort schon mal! Mit Ölfarbe seien außen an dieses Haus hier Zahlen gemalt! Wie das aussah!

Ob das Elisabeth Schlosser nicht auffalle? Ob sie sich nicht ekle? Ob sie sich das eben leisten könne? So was!

Elisabeth Schlosser brüllte auf. Trotz der zitternden Hände, oder gerade deswegen, brüllte sie auf, auch weil Rosie ihr nie widersprochen hatte, niemals.

So konnte sie eben auch nicht wissen, wie Rosie war, wenn sie sich stritt, dafür sah sie es jetzt: Rosie war so wie immer. Ruhig und nicht zu erschüttern. Sie würde auch nicht mitgehen, den Sohn suchen.
Ins Café komme sie mit, sagte Rosie, aber danach gehe sie nach Hause und Schluss. Und sie würde Elisabeth Schlosser empfehlen, mit ihr zu kommen.
Sie würde ihr empfehlen, sich eine andere Wohnung zu suchen und mal etwas Lustiges zu schreiben, etwas, was den Leuten gefällt.
Wieder Ende, wieder eine von Rosies trotzigen Pausen. Man saß einander gegenüber und schwieg.
Es fehlte noch, und sie würde Elisabeth Schlosser fragen, wann sie zuletzt beim Frisör war. Elisabeth Schlosser fragte es sich selber und wusste es nicht. Sie sah auf ihre Fingernägel und ging ins Bad.
Rosie blieb inzwischen im Sessel sitzen, einen Stapel von Papieren im Blick, der neben dem Telefon auf dem Regal lag, und das waren Elisabeth Schlossers Briefe an Sonja Trotzkij-Sammler, Briefe an eine Frau, der Frau Schlosser mehr Verständnis zutraute als ihr, aber das wusste sie nicht.

Als die Frauen das Haus verließen, war es beinahe dunkel. Elisabeth Schlosser hatte im Vorbeigehen danach geguckt, was da an ihr Haus gemalt war – es war eine große Sechs. Warum eine Sechs?
Ein Punkt daneben und dasselbe nochmal, und tatsächlich alles in Ölfarbe – weiß.
Das Café war leer. Erika hinter dem Tresen hatte Elisabeth Schlosser schon lange nicht mehr gesehen und machte

große Augen, wollte ein Gespräch beginnen, ließ es dann sein und brachte Bier.

Das Café war leer.
Elisabeth Schlosser, als sie endlich ihr Bier hatte, schwieg eine Weile, erzählte dann, dass das Café hier ziemlich alt sei, hundert Jahre vielleicht sogar alt, und dass es einmal einer Frau mit Tochter gehört habe.
Diese Tochter habe im Krieg einen Händler geheiratet, und mit was der handelte, wusste man nicht, der sei dann hier Wirt gewesen, aber kurz nach dem Krieg auch für immer verschwunden.
Was sollte Rosie damit anfangen?
Sie blickte sich um – runde Tische und Spiegel an den Wänden, zwei kleine Räume, ein Café eben. Gegenüber eine Grünanlage. Sie kannte die Straße, aber sie kannte sie schlecht, es war nicht ihre Gegend.
Ihre Gegend war ein paar Straßen entfernt, vorne am Schönhauser Tor war ihre Gegend als Kind, wo Straßenbahnen fuhren und Autos. Dort war es immer laut und kreischig gewesen, großstädtisch eben, nicht so schummrig wie hier.
»Gemütlich«, knurrte Elisabeth Schlosser, oder murmelte es vor sich hin. Irgendwie wollte sie das Gespräch ja aufrechterhalten, auch wenn sie langsam zu schwindeln begann, denn gemütlich fand sie es gar nicht, hier drin. Darum hatte Rosie ja mitkommen sollen.

Das Café. Hier war nichts. Die Zimmer klein wie immer. Erika hinter dem Tresen faltete Servietten. Ab und zu drehte sie am Radio. Auch für die Radiomusik musste sie etwas zahlen, das hatte sie Elisabeth Schlosser einmal erzählt. Aber diese Musik war eher ein buntes Geräusch, ohne Schwung, ohne Süße, diese Musik ging Elisabeth Schlosser nichts an.

Dann kam jemand herein. Ein einzelner Mann. Er setzte sich so, dass er die beiden Frauen sehen konnte, und bestellte ein Bier.

»Gehört denen der Bürgersteig eigentlich auch?«

»Wem?«, war vom Tresen zu hören, das war Erika.

»Den Juden da vorn an der Synagoge«, war die Antwort, und dass es aussah, als ob der verbreitert wurde und alles dort Baustelle. Warum sagte der das? Warum kam ausgerechnet jetzt, in diesem Moment, ein Mann herein, der über Juden sprach? Elisabeth Schlosser mit ihren unruhigen Händen war dem nicht gewachsen, obwohl es normal war, hier drin zumal, in diesem Café, hier waren die Juden ein Thema, natürlich, mit dem Friedhof da gegenüber, dem weggeschaufelten Friedhof, und den Drahtverhauen auf Zäunen um Höfe von jüdischen Grundstücken hier in der Gegend und Kameras und Polizei. Elisabeth Schlosser sah nervös in dem Gastraum herum.

Hier konnte sie unmöglich getanzt haben. Wo hatte die Musikbox gestanden? Und wo hatten die alle gesessen, der Steinmetz Briehe und Landowski, der Kohlenträger? Immerhin fielen ihr jetzt sogar Namen ein! Die Schwestern vom Milchgeschäft hatten Johannek geheißen, und die Schwestern vom Möbelgeschäft aus der Münzstraße hießen Bohne, aber es musste Schluss sein damit. Dringend Schluss sein.

Das spürte Elisabeth Schlosser genau, sie durfte es nicht übertreiben, und saß also schweigend in ihrem Café und wandte sich Erika zu, um ein weiteres Bier zu bestellen. Die aber war nach hinten verschwunden, wo sich die Küche befand und die Kellertreppe.
»Es zieht«, sagte Rosie, und dass sie gerne gehen würde.
Auch Elisabeth Schlosser spürte das Luftige ringsherum, und dabei fiel ihr ein Satz ein aus ihrem Traum:
»Jemand wollte mich umbringen.« Das war Karl, der Wirt.
»Wir nicht.« Das war Steinmetz Briehe.

*

Liebe Sonja!

Es gibt Eltern, die ihren Kindern erzählen, was sie erlebt haben. Solche Eltern haben Sie gehabt. Mit Entzücken las ich vom abgewiesenen Liebhaber Ihrer Mutter und der Begegnung Ihres Vaters mit Ihrem Präsidenten Masaryk.
Auch mein Vater war Masaryk begegnet, stellen Sie sich vor, aber ich erfuhr es von Freunden oder reimte es mir zusammen, ebenso wie ich mir die Verehrer meiner Mutter ausmalte und vorstellte, erzählt hat sie niemals von ihnen.
Sie haben beide geschwiegen. Und ich glaube nicht, dass sie etwas verschweigen wollten. Ich denke eher, sie konnten nicht mehr erzählen.
Sie haben ihr Leben Tag für Tag wie eine eiserne Pflicht absolviert. Erzählen war darin nicht vorgesehen. Oder was denken Sie?

Warum haben sie mir nichts gesagt von Gerda und all den anderen Menschen, die ihnen einmal wichtig waren?
Ich denke, es war die Erschöpfung.
Schließlich habe ich eben mit meiner Freundin Rosie zusammengesessen, sie war extra gekommen, ich hatte sie darum gebeten, aber wir saßen dann ruhig im alten Café hier gleich um die Ecke, und ich habe ebenso geschwiegen wie früher meine Eltern.
Aber Rosie hat auch nichts gefragt.
Auch meine Eltern haben sich gegenseitig nichts gefragt. So kam es mir jedenfalls vor. Keiner musste die Erzählung des anderen in Zweifel ziehen und korrigieren, es gab ja keine. So lebten sie ganz in der Gegenwart, oder?

Ich frage mich das, weil ich in ein tiefes Loch gefallen bin, seit ich in Berlin aus dem Zug stieg. Ich befand mich in fragwürdigen Zeiten, in Zeiten, die ich mir gar nicht erklären kann, nur eben das eine weiß ich: Die Gegenwart war es nicht.
Mein Café, Sonja! Ich war im Café, noch bevor ich zu Hause war, und es hat mich mit einem solchen Schrecken entlassen, dass ich Rosie anrufen musste, und zu zweit sind wir dorthin gegangen, aber eben: Ich habe geschwiegen. Ich habe geschwiegen!
Dabei hatte ich einen Traum gehabt, oder wie soll ich es nennen, ich weiß es ja nicht, was es war, jedenfalls hatte ich hier einen Mann getroffen, von dem mir die Stammgäste dieses Cafés öfter erzählt hatten. Sonja, ich sah sein Gesicht. Es war ein schöner Mann, wir tanzten zusammen, und das war nicht ohne Erwartung, Sonja, auch von seiner Seite,

denn wir verstanden uns ohne Worte und wir waren auch in Gefahr, dort unten, wo es voll war von Menschen wie früher eben, mit Kohlrouladen und Radiomusik, da waren wir auch in Gefahr, nur wir beide, aber ein Teil vom Ganzen waren wir auch, wir gehörten genauso gut auch dazu, zu dem allem, aber eben – mit Kohlrouladen und Radiomusik bin ich dort wie im Strudel verschwunden. Verstehen Sie das? Ich verstehe es selber nicht. Ich lebe ja noch. Ich sitze in meinem Zimmer mit Blick auf die S-Bahn und schreibe Ihnen.

Auf jeden Fall war es wie immer, mein altes Café, nur leer, wo es früher mal voll war, verraucht, aber alles darinnen war mir vertraut: die Abmessungen, die Räume, das Licht. In diesem Licht habe ich meine Notizen gemacht für das Königsdrama in all den Jahren im Osten Berlins, meine Blümchentassen aus den Altwarenläden hier aus dem Zeitungspapier gewickelt, in das die alten Frauen sie reingeknautscht hatten, und nun? Ich saß da mit Rosie und schwieg.

Wenn ich es aber richtig bedenke – was hätte ich ihr erzählen sollen?

Die Geschichte von den beiden Männern, die Karl hießen, damals im Jahr '45, und der Wirt soll Nazi gewesen sein und der Jude beim Wirtschaftsamt? Und der eine konnte nicht glauben, dass der andere noch da war, und dann haben sie ihren Kampf begonnen, Mann gegen Mann, und sind beide für immer verschwunden – wer will das wissen, Sonja? Rosie jedenfalls nicht.

Meiner Rosie hätte ich von dem Tanzen erzählen müssen

und sagen, dass ich mich verliebt habe, Sonja. Aber ich habe mich nicht verliebt. In nichts und in niemanden. Außerdem kamen meine Geliebten niemals im Sommer. Sie kamen immer, immer, immer nur mit dem Schnee.

*

In den folgenden Tagen bemühte sich Elisabeth Schlosser, die Vergangenheit aus ihren Gedanken zu verscheuchen, und zwar *alles.*

Der Sohn blieb verschwunden, und sie gewöhnte sich daran.

Es war zusätzlich erleichternd, als eines Tages jemand Kleidungsstücke für ihn abholte. Also lebte er und brauchte sie nicht. Mehr musste sie nicht wissen.

Allerdings hinterließ dieser Mensch – es war ein Mann gewesen, mit Rucksack und Lederweste – eine Postkarte mit einem Stempel. Elisabeth Schlosser steckte die Karte zwischen Glasscheibe und Holz an den Küchenschrank, und da klemmte sie.

Irgendwann würde sie das lesen, sagte sie sich. Irgendwann, wenn es ihr besser ginge.

Tagsüber konnte sie sich zu gar nichts aufraffen, dabei war das dringend notwendig, denn es stellte sich heraus, das grüne Haus war wieder einmal verkauft. Bauarbeiten waren angekündigt. Eine vollständige Renovierung. Darum stand das Haus leer. Sie war tatsächlich die Letzte hier drinnen, aber sie saß an ihrem Schreibtisch mit Blick auf den S-Bahnhof Hackescher Markt und ließ Schmetterlinge über ihren Bildschirm huschen. Die Pfauenaugen und Braunen Bären, die Wolfsmilchspinner, Zitronenfalter flatterten geräuschlos ins Bild, dieses entzückende Bildschirmprogramm hatte sie entdeckt, und für etliche Tage war das ihre bevorzugte Beschäftigung nach der Rückkehr aus Polen.

Draußen wurde es täglich heller, die Sonne schien. Baulärm und Kreischen der Straßenbahnen waren deutlich zu hören, oft hatte sie ihre Fenster geöffnet, und wenn sie sich weit hinausbeugte, und das tat sie manchmal, dann sah sie tatsächlich alle Fassaden ringsherum neu, ja, regelrecht funkelnagelneu in der Sonne. Es war nur eine Frage der Zeit, wann ihr Haus dran war.
Unsere Geschichte geht zu Ende!
Hätte sie ahnen können, dass dieser Satz, im Winter so stolz von hier oben heruntergeschleudert in ihren Gedanken, bald schon einen ganz anderen Sinn haben würde, dass er sich gegen sie selbst wenden könnte?
Nein, es durfte sie niemand aus ihrer Wohnung vertreiben.

Im Juni wurde es heiß. Rund um den Hackeschen Markt die Touristen waren in diesem Jahr in ganzen Gruppen von heilen Familien unterwegs. Oder war es immer so gewesen? War es ihr niemals zuvor aufgefallen, dass solide gekleidete Ehepaare auch solide gekleidete Kinder hatten und dass die gemeinsam spazieren gingen?
Ja, durchaus erwachsene Kinder gingen mit ihren Eltern spazieren, gekämmt und gebürstet und harmlos sich unterhaltend, das gab es auffallend häufig in diesem Früh-

ling, der langsam zum Sommer wurde, so schien es Elisabeth Schlosser.
Deswegen saß sie nun lieber im Park Monbijou beim Kräftesammeln, das sie sich selbst verordnet hatte. Dort aber schienen die Wiesen Elisabeth Schlosser nun schmaler zu sein, enger als noch im Winter. Auch fand sie den Kopf von Chamisso nicht mehr, stattdessen stand eine andere Plastik an dieser Stelle: zwei kopulierende Kraniche.
Aber vielleicht war es auch gar nicht dieselbe Stelle, denn dieses Kunstwerk befand sich hart an einer großen Baugrube, und als sie an deren Rand weiterlief, stand Elisabeth Schlosser dann doch vor Chamisso. Der war also nicht verschwunden, sondern ein Stück von dem Park und den Sträuchern hinter ihm.
Chamissos Büste auf ihrem Podest stand nun ganz frei da und war somit ein richtiges Denkmal geworden, sie musste den Kopf heben, um das Marmorprofil des Dichters betrachten zu können. Ein Drahtzaun trennte sie allerdings davon, und an diesem war eine Matratze befestigt, und die wiederum war bemalt mit einer großen, in Ölfarbe gemalten Sechs und mehreren anderen Zahlen.
Seit Rosie Elisabeth Schlosser auf diese Ölmalerei aufmerksam gemacht hatte, bemerkte Elisabeth Schlosser sie überall, und jedes Mal war sie einem Wutanfall nahe, den sie selbst nicht verstand.
Vielleicht richtete sich dieser Ärger ja auch gegen Rosie. Wo Rosie wohnte, gab es das nicht. Keine Matratzen und keine Krakel darauf, und schon gar nicht in Ölfarbe. Hier dagegen sah sogar Chamisso aus, als ob er einen Bauchladen hätte mit der Aufschrift »6. de. – 2.3.www.«, und

gab Elisabeth Schlosser das Gefühl, auf einer Müllhalde zu leben.
Nun, vielleicht war es als ein Protest zu verstehen, wo in der Grube hinter dem Zaun ja wiederum die teuersten Wohnungen von ganz Berlin entstanden, mit freiem Blick auf den Park und die Spree, aber weder von den Reichen noch von den Armen durfte sie sich verrückt machen lassen.
Nein, Elisabeth Schlosser musste leben wie zuvor, und das hieß, sie musste etwas schreiben, was sie verkaufen könnte. Warum sollte es nicht tatsächlich ein Film sein?
Genau der Film, den sie der Barfrau in Katowice skizziert hatte – derselbe Zeitpunkt, dieselbe Handlung, dieselben Personen:
Ein Mann und eine Frau, sie sind ein Liebespaar und sie schreiben Artikel und versenden geheime Nachrichten weit in den Osten, sie spielen dabei mit dem Leben, dem eigenen, was die Liebe wahrscheinlich verstärkt, ja, gewiss sogar, und sie sind ja auch jung und tragen diese schicken Klamotten der vierziger Jahre. Nein, das ist es nicht, sie glauben an etwas, das ist es, sie glauben an das, was sie gerade tun, und darum sind das so schicke Klamotten. Schließlich ist nie wieder eine Mode so betörend gewesen, so regelrecht süchtiger Chic war das, denkt sich Elisabeth Schlosser beim Schreiben, jede Naht wie ein Seufzer, jeder Knopf wie ein Hammerschlag: Ja. – Ja. – Ja.
Aber es war ja auch nie wieder so viel gestorben worden wie in diesen Jahren, da war es doch logisch, dass man sich ernst nahm, so dachte Elisabeth Schlosser und saß dabei ruhig im Park Monbijou oder vor den geöffneten Fenstern

der eigenen Wohnung, versuchte, zum hundertsten Male vielleicht dieses Königsdrama zu schreiben, das dreimal verfluchte, und es wurde Sommer dabei.
Das bemerkte sie an dem Licht, das von allen Seiten in ihre geöffneten Fenster schien, und an dem Füßegetrappel, wenn es hereinwehte, Lachen manchmal und Handwerkerhammerschlag. Das war der Sommer.

In diesen Tagen gelang es Elisabeth Schlosser, an den Sohn mit Ruhe zu denken, mit Hoffnung sogar, es gelang ihr, diese Geschichte von Liebe und Tod in Kattowitz und Berlin als eine *story* zu sehen, eine *story* eben.
Je mehr Szenen Elisabeth Schlosser sich ausdachte für ihre Figuren, umso leichter wurde ihr, denn das war ja nicht wirklich Vergangenheit, sondern *fiction,* ein Spiel eben, ein elegantes.
Schon mal wegen der Anzüge und der Kostüme. Auch alle Schauspieler trugen die immer am liebsten, die Kleider der vierziger Jahre, das wusste Elisabeth Schlosser, und so malte sie das besonders aus, diese schräg gestreiften Pullover und weiten Hosen und Hüte natürlich, die Hüte.
So passend zu den Fotos aus diesem Buch dort in Gleiwitz ließ sie ihr Liebespaar, diese Spione, die gegen Hitler ihr Leben riskierten, Nachrichten funken und abends am Ufer der Weichsel spazieren oder auf Bahnhöfen warten und dann eben auch in dem »Café Europa« einander ein letztes Mal sehen, und dabei bekommt diese schöne Frau nun ein Kind, aber das geht nicht.

So plötzlich, wie Elisabeth Schlosser das hingeschrieben hatte, diesen letzten Satz, so plötzlich geriet die Arbeit ihr wieder ins Stocken, ja, sie legte sie vollends beiseite und begann wieder täglich zu grübeln, das hieß, sie betrachtete wieder die Schmetterlinge auf ihrem Bildschirmschoner. Die Pfauenaugen und Braunen Bären, Zitronenfalter und manchmal, aber nur selten, das dauerte Stunden, bis hin und wieder ein hellblauer kleiner Falter mal schnell durch das Bild huschte, aber von dem kannte sie den Namen nicht.

Eines Morgens allerdings kam ihr eine Idee.
Mit einem einzigen Hieb auf die Tasten verscheuchte sie alle Schmetterlinge, tippte und tippte, und zuletzt standen die Worte »Gerda Bruhn« auf dem flimmernden Glas.
Kaum hatte sie das geschrieben, setzten sich Wörter zusammen, groß oder klein geschriebene Zeilen, seitenlang warf eine Suchmaschine ihr Daten aus, Zahlen, zuletzt dann ein Bild. Ein anderes, als Elisabeth Schlosser gesehen hatte.
Dieses Frauengesicht war im Halbprofil aufgenommen wie für ein Passfoto, und zwar eines von großer Klarheit. Nase und Mund dünn gezeichnet wie von einer Feder und die beiden Augen sehr groß.
Oder waren sie mit Absicht so weit geöffnet?
Es waren helle Augen, blau oder grau. Grau wahrscheinlich.
Natürlich grau! Selbstverständlich grau.
Elisabeth Schlosser konnte sich nicht losreißen von diesen aufgerissenen Augen, die sie *leuchtend* fand, je länger sie

darauf starrte, und das nun wieder mit kleinen, braunen und etwas trüben Augen, von Falten umgeben und eingesunken in ein von Müdigkeit und Depression aufgequollenes Gesicht. Sich selber hatte sie schon eine Weile nicht mehr so aufmerksam angesehen.
Wozu auch? Es gab Wichtigeres. Zum Beispiel alle diese Artikel über Gerda Bruhn, die sie auf einmal fand, im weltweiten Netz, wie es genannt wurde. Es schien einen Kreis von Bewunderern dieser Person zu geben, die peinlich sorgfältig offenbar deren Lebensgeschichte zusammengetragen hatten. Alle Stationen und Liebhaber auch, alle Adressen sogar.
Über die Namen der Liebhaber sah Elisabeth Schlosser hinweg, es hatte also mehrere gegeben, ihr Vater war nicht der letzte gewesen und nicht der einzige, aus den Augenwinkeln beinahe registrierte sie es und glaubte kein Wort. Die Adressen, das war etwas anderes.
Da konnte man hingehen. Man konnte sehen, was diese Gerda gesehen hatte. Man konnte etwas Wahres sich aneignen aus ihrem Leben, etwas ganz Unberührtes.
Sie wählte nicht die erste aus den vielen Adressen – eine Mietshausgegend in Lichtenberg –, nein, sie wählte die letzte Wohnung von Gerda Bruhn, die Wohnung, in der sie verhaftet worden war, so stand es jedenfalls in allen Texten, die sie gefunden hatte, »verhaftet aus ihrer Wohnung heraus«, und nicht nur das.
In dieser Wohnung hätte dann wochenlang eine Frau von der Gestapo gesessen und das Telefon bedient, die Wohnungstür auch, und so sei jeder verhaftet worden, der eine der beiden Klingeln hatte läuten lassen. Genau diese

Adresse wählte Elisabeth Schlosser und fuhr mit der S-Bahn zum Zoo und von dort mit der U-Bahn weiter in Richtung Westen.

Am Kaiserdamm stieg sie aus, den Stadtplan in der Hand, und sah, dass sie links davon durch ein Netz von kleinen Straßen sich würde durchfragen müssen zu einer, die ziemlich weit weg von ihrem Standort lag, vermutlich im Grünen: Lindenallee.
Also lief sie mit Stadtplan wie eine Touristin und aufgeregt wie ein verliebter Mensch. Oder ist diese Aufregung eher eine detektivische zu nennen? Wohl kaum.
Elisabeth Schlosser hatte ein Kostüm angezogen und Absatzschuhe, Bekleidung aus besseren Tagen, Bekleidung, als ob sie sich jemandem vorstellen wollte. Nicht gerade die angenehmste Bekleidung allerdings. Die Absatzschuhe waren ungewohnt genug, der Kostümrock zu eng. Am Hackeschen Markt lief sie nicht so herum.
Wahrscheinlich hatte sie einfach Angst gehabt, hier im Westen alte Bekannte zu treffen. Das war es wohl eigentlich gewesen, warum sie sich so gekleidet hatte. Es sollte ihr niemand ansehen, wie schlecht es ihr ging, aber jetzt dachte sie, es sehe ungeschickt aus, altmodisch, lächerlich. Abgesehen davon sah der Himmel nach Regen aus.
Wind kam auf, und es begann zu tropfen. Alte Mietshäuser wechselten mit Gartengrundstücken und kleinen Häusern darauf, ohne dass sie dieser Lindenallee ein Stück näher gekommen war.
Als der Regen zunahm, vertiefte sich Elisabeth Schlosser noch einmal in den Stadtplan und verstand, dass sie ihn

falsch herum gehalten hatte und weggelaufen war von der Lindenallee, statt sich ihr zu nähern. Da war sie schon ziemlich nass geworden, und als sie nun die Richtung änderte, verstärkte sich plötzlich der Regen. An den Namen der Querstraßen erkannte sie jedoch, dass sie nun auf dem richtigen Weg war. Aber auch der Regen wurde stärker. In hellen Wänden geradezu fiel er herab, so dass sie glaubte, nicht mehr weitergehen zu können. Sie dachte an Umkehr, an Abwehr, an Wut eigenartigerweise, oder wurde wütend, womöglich auch das, sie fühlte sich weggeschoben. Zurückgedrängt.

Irgendwo im Westen von Charlottenburg, zwischen Gärten und Zäunen zurückgedrängt, und zwar von oben.

Dann würde sie eben umkehren.

Zumal die Gegend sich veränderte. Plötzlich standen da Neubauten, billiger Sozialbau mit kleinen Fenstern, auch hier hatten also mal Bomben reingeschlagen, alle Spuren zerstört, nichts von damals würde sie finden am Ende, kein Haus, keinen Garten, gar nichts.

Die Haare klebten ihr im Gesicht, Wasser quietschte in den Schuhen, die Ledertasche, die ihr über die Schulter hing, sah schwarz aus vor Wasser, das ganz unnatürlich in Schwallen herunterfiel und Elisabeth Schlosser auf den Kopf schlug wie viele, viele Vögel mit harten Schnäbeln, so kam es ihr vor, da las sie: Lindenallee.

Neubauten.

Alles umsonst also. Aber das war noch nicht die gesuchte Hausnummer. Außerdem war diese Lindenallee lang und führte in Richtung Kaiserdamm. Elisabeth Schlosser begriff, dass sie im Kreis gelaufen war. Die gesuchte Hausnummer musste ganz nah an der großen Straße sein, also lief sie in diese Richtung, da hörte der Regen auf und sie sah eine Villa.

Es war tatsächlich so. Unglaubwürdig genug, ja, kitschig direkt, aber wahr: Als sie die gesuchte Hausnummer gefunden hatte, endete der Platzregen, als ob da jemand oben in den Wolken einen Hebel umgelegt hätte, es tropfte nur noch von allen Zäunen und Bäumen, und die Sonne schien. Elisabeth Schlosser tropfte ebenfalls, natürlich, das Wasser lief ihr ja immerzu in die Augen, aber nur noch für eine Minute vielleicht, dann konnte sie es sich auf keine Weise mehr verstellen: Sie stand vor dem Haus, in dem Gerda Bruhn zuletzt gewohnt hatte, und das war eine Villa.

Es war wirklich ein herrliches Haus mit riesigen Fenstern, Terrasse, Balkonen und Wintergarten, ein Haus mit einem roten Teppich zur Eingangstür und Büschen von Buchsbaum in Kübeln daneben.

Es war eine andere Preisklasse.

So drückte es Elisabeth Schlosser später aus.

Als sie davor stand, schien es ihr falsch. Dann trat sie zurück, zurück auf das gegenüberliegende Trottoir, sie wollte die Größe des Hauses erfassen, den Anspruch, das Licht vielleicht auch – wie es morgens hineinschien und abends, und dann?

Sie sah verwundert aus, als sie dann Abschied nahm, nach zehn oder fünfzehn Minuten vielleicht.

Eine andere Preisklasse.

War das alles, was sie beschäftigte?
Oder dachte sie daran, wie oft sie in letzter Zeit vor fremden Haustüren gestanden hatte? Fragte sie sich, ob das hier eine Tür hätte sein können, durch die sie als Kind ein und aus gegangen wäre?
Nein.
Der Rückweg in Richtung Kaiserdamm musste Gerdas täglicher Weg zur U-Bahn gewesen sein. Letzter Weg also – daran dachte sie und bemerkte, dass es lauter teure Gebäude waren, die hier am Wege standen, jedes bizarr und seltsam, und dass sie von keinem die Geschichte hätte wissen wollen.
Dagegen griff sie nach Zweigen, die über die Gitter reichten, riss Blätter ab, wollte sich alles wohl einprägen und war froh, als sie vorne dann Autos fahren sah, eine belebte Straße. Sie ahnte, wo diese Lindenallee ins Offene mündete, und dann sah sie es.
Elisabeth Schlosser stand an einem großen Platz. Es war eine Straßenecke gegenüber einem U-Bahn-Eingang.
Theodor-Heuß-Platz stand in der üblichen weißen Schrift auf dem üblichen blauen Schild.
Ringsherum Verkehr, Fußgänger, Radfahrer, alles war hier in Bewegung, sie nicht.

Elisabeth Schlosser staunte. Man kann es nicht anders nennen – wie ein Esel stand sie da und rührte sich nicht von der Stelle, denn was sie sah, das war nicht einfach viel Platz hier und Häuserblöcke und Autos im Kreisverkehr um einen grasbewachsenen riesigen Fleck, aus dem auch

noch eine U-Bahn-Station mit ihrem gläsernen blauen Schild herausragte, und das leuchtet nachts, so was wusste man ja – nein, für Elisabeth Schlosser war dieser Anblick mit einer Unterschrift versehen oder Überschrift, und die lautete: Letzter Weg.
Denn genau hier war es gewesen, wo sie sich von einem Mann getrennt hatte, einem, der in die Reihe der ewigen Geliebten gehörte, der innigst vertrauten Männer, von denen diese Sonja Trotzkij-Sammler annahm, es wäre im Grunde immer derselbe, dem zu folgen sich deswegen ganz von alleine verstand.
Damals war die Stadt schon vereint gewesen, und Elisabeth Schlosser hatte ihre Wohnung am Hackeschen Markt manchmal wochenlang nicht betreten, wozu auch, er war ja erwachsen, der Sohn, und sie war erwachsen – sie waren erwachsen und frei.
Frei, zu kommen, und frei, zu gehen, und genau in diesen U-Bahn-Eingang dort auf der anderen Straßenseite war Elisabeth Schlosser gelaufen, damals, runter unter die Erde, und hatte seitdem das Gefühl behalten, nicht mehr ans Licht gekommen zu sein. Das wusste sie gut, und das spürte sie jetzt, wo sie wieder runtermusste, in dasselbe Loch. Wie sollte sie sonst nach Hause kommen, nass wie sie war?

Sie ging also, ganz normal ging sie über die Straße und alle Stufen hinunter, saß dann in der U-Bahn, und so unter dem Pflaster der Stadt erinnerte sich Elisabeth Schlosser an Wohnungen und Restaurants, wo er sich quälte mit seinen Ängsten, entdeckt zu werden, mit ihr gemeinsam entdeckt zu werden, dieser Geliebte, denn er hatte bereits eine Frau, eine richtige, sie war die falsche. Aus heutiger Sicht hätte sie so denken können, Elisabeth Schlosser, aber es fiel ihr nicht ein, denn sie war beschäftigt mit Bildern von seinem Gesicht, das dunkel aussah, als ob sie sich immer im Dunkeln getroffen hätten, was gar nicht stimmte, denn es waren Frühstücke, Sonnenlicht, Reisen sogar, woran sie sich erinnerte, und immer spazierte dieser einstens geliebte Mann durch die Bilder. Wo war der Sohn?

Bei dieser Frage angekommen, ließ sie die Filmstücke rückwärts laufen, nochmal und nochmal – der Sohn war nicht drauf. Das beunruhigte Elisabeth Schlosser.

Es beunruhigte sie mehr als die alte, hoch geschwommene Liebesgeschichte, mehr als der Gang zu Gerda Bruhns letzter Wohnung und auch mehr als das plötzliche Zusammentreffen von beidem, obwohl ihr das noch vor einer halben Stunde wie ein Verkehrsunfall erschienen war, ein frontaler Zusammenstoß.

*

Liebe Sonja!

Ich schreibe Ihnen aus einer Bierkneipe am Märkischen Museum, und das ist ein Stück weit weg von der Lindenallee und vom Hackeschen Markt genauso. Ich kann jetzt noch nicht nach Hause gehen.

Sie kennen das ja, so wie Sie herumgetrieben sind in der Welt und in Ihrer Stadt Brünn.

Bei Ihnen war's der Geliebte, der Sie getrieben hat, Ihr ewiger Geliebter in seiner wechselnden Gestalt, die Sie übrigens niemals in Zweifel zogen.
Er, so behaupten Sie, hat Sie gerufen, und dann mussten Sie jedes Mal springen. In meinem Fall, Sonja, will ich es kurz machen: Es hat eine Olga gegeben.
Sonja, ich kann es nicht wissen, niemand mehr kann es wissen, es lässt sich hier gar nichts beweisen, aber ich sage Ihnen, wie es gewesen ist.
Diese Gerda ist nach Berlin zurückgegangen und hat die Sache mit sich abgemacht, so wird sie gewesen sein, diese Frau.
Und das Kind, das mal Olga hat heißen sollen, wenn die beiden Verliebten so redeten von einer Zukunft, das hat es dann eben auch nicht gegeben. Und da war diese Liebe dann auch zu Ende, Sonja, das ist nun mal so.
Dafür konnte die Gerda von jetzt an auch andere Männer lieben, das wird ihr dann leichter geworden sein, und der letzte hatte wohl Geld.
Sie hat in einem schönen Haus gewohnt, Sonja, in einer Gegend, wo Sie die scheußlichen Krakel und Wandmalereien, die in dem Zentrum der Stadt, wo ich wohne, alles bekleben, nicht finden werden, nicht einen einzigen hingematschten Buchstaben oder die Zahlen eben, aber ich schweife ab.
Es hat diese Olga gegeben, Sonja, ich bin da ganz sicher, und wo ist sie hin? Wo sind sie alle hin, die nicht in Frieden Verstorbenen, die Ermordeten und die Erschlagenen, von denen man uns so viele verschwiegen hat? Glauben Sie, die verschwinden so einfach?

Natürlich glauben Sie so was nicht. Sie nicht. Sie meinen ja sogar, Ihr im Alter von sechzehn Jahren unter dem Eis der Moldau ertrunkener Liebster begleitet Sie lebenslänglich. Viel länger als ich wissen Sie es schon:
Die Liebe ist stark wie der Tod.
Ja, das habe ich richtig zitiert. Früher übersetzte man wohl, sie sei *stärker*, stärker als der Tod sei die Liebe, so stünde es in dem Lied Salomonis, kürzlich aber hörte ich, man hat neue Gelehrte an die alte Fassung gesetzt, und was herauskam, war das Verschwinden der alten Steigerungsform, was herauskam, war – »stark«.
»Die Liebe ist stark wie der Tod.« So soll es immer schon da gestanden haben, und so klingt es mächtig, nicht wahr? Ganz und gar mächtig und endlos klingt es nun, Sonja, zum Weinen und Schreien klingt es, wie der Sturm, der solche Ermordeten treibt, solche Geister, so klingt es.
Mir jedenfalls klingt es so, Sonja, und ich glaube, es treibt sie in unsere Nähe, natürlich, sie wollen zu uns.
Weiter komme ich hier erst mal nicht.

Kann sein, es ist falsch, was ich denke, aber was ich spüre, das lässt sich wohl schwerlich in Zweifel ziehen, und das habe ich immer gespürt, da ist was Ernstes und Schweres in meiner Nähe, und ich musste den Vater im Auge behalten, sonst holen ihn andere weg.

Wiederum – warum ist er noch nicht bei denen? Warum liegt er da und zögert zu sterben? Ein Hundertjähriger, so wie Sie, Sonja, aber fragen soll man ihn nichts mehr.
Und wenn er noch antworten könnte, ich weiß es, dann

würde er sagen, sie hätten das eben im Auftrag getan, sie beide, die Trennung, und für eine gute Sache.
Sehen Sie, und da habe ich nur Sie, liebe Sonja, die sich selber klar ins Gesicht sieht, mit ihren hundert Jahren, und da frage ich Sie: In wessen Auftrag haben wir uns dann später getrennt von unseren Männern? Sie, Sonja, und ich. Aber da erzählen Sie ja diese feine Geschichte von der Ewigkeit Ihres Geliebten, und die ist mir auch in die Nase gestiegen, wenn ich so sagen darf. Sie hört sich gut an, nur: war da wirklich immer dieselbe Person versteckt unter wechselndem Fell?
Ich will Sie nicht betrüben, Sonja, doch wenn es so wäre, dann wundert es mich, dass die vielen Trennungen von diesem Einen immer so schmerzlich waren.

Sonja, hier, wo ich sitze, das ist die älteste Berliner Gegend, aber menschenleer. Gerade war ich noch in Charlottenburg. Zwischen diesen Vierteln liegen Welten, seit das eine vierzig Jahre lang Osten war und das andere Westen, aber leer sind sie beide. Früher dagegen war beides die City, und beides war schwarz von Menschen.
Da ist doch schon viel weggesäbelt, nicht wahr, aber das nur als Scherz am Rande.

*

An dieser Stelle brach Elisabeth Schlosser ihren Brief ab. Offensichtlich hatte sie keine Lust, Genaueres darüber zu schreiben, was sie am U-Bahnhof Theodor-Heuß-Platz erlebt hatte.

Ja, zum ersten Mal, seit sie Briefe an Sonja Trotzkij-Sammler schrieb, schob sie auch diese aus dem innersten Kreis der Vertrautheit hinaus. Schrieb nichts über den Sohn und ihre Erinnerungslücke, trank noch ein Bier und lief dann zu Fuß quer durch Berlin, vom Märkischen Museum also über den Schlossplatz und die Straße Unter den Linden direkt zum Hackeschen Markt, es dauerte dreißig Minuten.

Zu Hause suchte Elisabeth Schlosser nach Fotos des Sohnes und fand nichts. Sie erinnerte sich, wenig fotografiert zu haben in dieser fraglichen Zeit – nein, überhaupt nicht fotografiert zu haben, damals. Es war ihr albern erschienen, künstlich.
Künstliches Festhalten von Augenblicken, die Wahrheit hat man im Kopf!
Und nun? Mit den fotografierten Augenblicken wäre sie besser bedient gewesen als mit dieser Wahrheit in ihrer Erinnerung.
Elisabeth Schlosser glaubte sie nicht.
Erinnerte sie sich nicht an die vielen Spaziergänge mit ihrem Sohn, an Stunden in Wartezimmern der Ärzte, an Fieber und Halsschmerzen, Wadenwickel, ganz zu schweigen von all den Schulen und Kindergärten, in denen sie auf ihn gewartet hatte. Allerdings war das früher gewesen, im Osten, und er war ein kleines Kind, und später?
Nein, es war alles in Ordnung gewesen, sie saßen zusammen und redeten, lachten, sie gingen ins Kino, und Mittag kochen sah sie sich auch, und wie sie zusammen in ihrer Küche sitzen und essen.

Das hätte ihr nicht gerade einfallen dürfen, das Essen.
In dieser Wohnung, die voll war mit Lebensmitteln, mit Tüten voll trockener Brötchen, sie sah es nicht, aber sie wusste es. Vollgestopft würden die Schränke sein mit Essen, das er gekauft hatte und dann nicht aß, sie müsste nur reinsehen, Knüllpapier, Knüllpapier und alles darinnen vertrocknet, verschimmelt, vorbei.
Das Essen. Aber eine Mutter muss Essen kochen! Sie tut es und tut es auch gerne, und der Esstisch ist der Mittelpunkt der Familie, was soll daran falsch sein, warum?

Elisabeth Schlosser fragte die Frauen in ihrer Bekanntschaft.
»Frag mich was anderes«, sagte die Atemtherapeutin, die noch im Frühjahr auf ihrem eigenen Fensterbrett gestanden haben wollte, um sich auf die Straße zu stürzen. Sie beantwortete Elisabeth Schlossers Fragen also nicht, stellte dagegen selber eine Frage, und zwar:
»Warst du eine gute Mutter?«
Natürlich war Elisabeth Schlosser eine gute Mutter gewesen, die Frage alleine schockierte sie schon, die Freundin sah es und vorsichtig bildete sie folgenden Satz: »Du hast getan, was du konntest.«
Das wusste Elisabeth Schlosser selber.

Rosie, auf den Sachverhalt angesprochen, sagte ebenfalls etwas Seltsames: »Vielleicht ist das gar nicht so schlecht.« Sie selber merke sich jedenfalls nur das Gute.
Aber die Kinder waren doch das Gute, oder?
Nun – Rosie hatte keine Kinder.

Eine andere Frau, mit der Elisabeth Schlosser darüber zu sprechen wagte, dass sie sich an den Sohn nicht erinnern konnte, war Erika, die Wirtin von ihrem alten Café. Die konnte nur den Kopf schütteln darüber. Ihre Antwort: »Ich weiß noch alles.«

»Aber ich war eine gute Mutter!«, rutschte es Elisabeth Schlosser daraufhin heraus, aus einem Mund, der neuerdings ungeschminkt war, nicht mehr Zyklam mit Glanz drauf oder das echte, das unübertreffliche, einfache Rot.

Erikas Antwort, aus nach wie vor geschminkten Lippen übrigens, und das war die Rosenholzfarbe, war kurz: »Ich nicht.«

Elisabeth Schlosser muss sehr überrascht ausgesehen haben, denn die andere stellte den Plastikeimer weg, aus dem sie gerade noch Kartoffelsalat gekratzt hatte, und fasste die Aussage anders zusammen:

»Da kann man nichts machen, so war das, mein Kind, ich war eine schlechte Mutter.«

Seitdem kam Elisabeth Schlosser wieder öfter ins alte Café. Zwar blieb sie nicht lange und setzte sich niemals an einen der Tische – wozu auch, es war niemand da. Aber am Tresen zu stehen und den Kaffee zu trinken, den Erika rüberschob, das erleichterte sie. Dass sie überhaupt da war, diese Frau, die es gewagt hatte, diesen nicht denkbaren Satz auszusprechen und weiterzuleben, hier Kaffee zu kochen und Brötchen zu schmieren, tat Elisabeth Schlosser wohl. Ihr jedenfalls war Erika eine gute Mutter, und deswegen verschob Elisabeth Schlosser

ihr eigenartiges Erlebnis hier drinnen, diesen Tanz und die Radiomusik, in die Kiste mit den schlechten Träumen.
Allerdings fragte sie nach den Personen der Handlung.
Erika wusste auch, dass der Mann der früheren Wirtin Karl geheißen hatte und ein Händler gewesen war. Wahrscheinlich auch Schieber oder Nazi oder alles zusammen, es habe sie nicht interessiert. Und gesehen habe den auch keiner mehr, denn er sei nach dem Kriege verschwunden. Über den anderen Karl, den sie hier den Halbjuden nannten, sagte sie nichts.

So weit war Elisabeth Schlosser also gekommen mit ihren Nachforschungen, als sie eines Mittags in Krach und Geschrei erwachte. Sie hatte lange wach gelegen in der Nacht und deshalb ein Schlafmittel eingenommen, und so war es Mittag geworden. Ihr letzter Traum hatte sie in eine Fabrikhalle geführt, aber der Lärm dauerte an, als sie schon die Augen öffnete.
Männer brüllten vor dem Haus, Presslufthämmer waren zu hören, gerade wurde ein Kran aufgerichtet. Was hatten die vor?
Sie raffte das Wichtigste erst mal zusammen, es waren die Briefe an Sonja Trotzkij-Sammler, die sie griff, sie lagen inzwischen in einer bunt gestreiften Mappe, und mit dieser Mappe unter dem Arm verließ sie die Wohnung.
Unten stand sie einer Höhle gegenüber – das halbe Parterre-Geschoss war herausgerissen, der Laden des Optikers gleichsam ausradiert, nur ein paar Stahlträger hielten die übrigen vier Etagen.

Elisabeth Schlosser, in Hausschuhen, mit ihren Briefen, stand da in den Staubwolken des eigenen Hauses, sie atmete es bereits ein, da erreichte sie etwas anderes auch: Die Linden blühten. Sie roch es plötzlich.
Es war sommerlich warm.
Das war jetzt hier überraschend, die Wärme.
Elisabeth Schlosser, die ja eigentlich den Bauleiter hätte suchen müssen, damit überhaupt ein Mensch wusste, dass sie noch im Hause wohnte, ging rüber zur Spree die wenigen Schritte und setzte sich auf eine Bank.
Wenn die Linden blühten, hatten in ihrem Leben immer die Ferien begonnen, die Familienausflüge ins Grüne. Da fand man sie wieder vor den Gastwirtschaften stehen, alle diese dicken Linden in Buch und Bernau, und auch jetzt standen sie vermutlich noch da und verströmten ihren Geruch.
An den Wänden eines Museums auf dem Ufer gegenüber flimmerten Lichtreflexe. Die Spree reflektierte das Sonnenlicht auf den Wellen. Immer war es so, wenn die Sonne schien, natürlich, sie erinnerte sich und gähnte.

»Schön, nicht wahr?«, sagte eine Stimme.
Elisabeth Schlosser sah sich um. Ein Mann in ihrem Alter hatte sich neben sie gesetzt, er trug ein abgeschabtes Jackett. Ganz leise musste er herangekommen sein.
Was sollte das jetzt? Eine Annäherung dieser Art war das Letzte, was sie gebrauchen konnte. Aber vielleicht meinte er auch nur die Sonne, und Elisabeth Schlosser nickte. Es war schön. Friedlich sogar. Wann war es zuletzt so friedlich gewesen? So warm?

Der Markt von Gliwice fiel ihr ein, die kleinen Straßen ringsum, oder sagte sie das, sprach sie von Polen? Denn der Mann neben ihr benutzte das Wort plötzlich auch. Er habe Verwandtschaft in Polen, in Breslau, genauer gesagt.
Wir kommen alle von dort, weil die Strecke da langgeht, dachte Elisabeth Schlosser, denn die Eisenbahnstrecke von Kattowitz nach Berlin fiel ihr ein, mit all ihren Stationen, und spürte, dass ihr die Augen zufielen.
Es war der süße Geruch von vielen vergangenen Sommern, der sie einschlafen ließ und wieder aufwachen, der Mann war längst gegangen, aber Elisabeth Schlosser blieb sitzen.
Hin und wieder wandte sie sich um zu der Staubwolke, in der sich ihr Haus befand. Sollten sie loslegen. Es würde ein Jahr dauern oder zwei, das Haus würden sie nicht gleich abreißen, nein, das glaubte sie nicht, und es wäre Elisabeth Schlosser in diesem Moment auch egal gewesen, denn zum ersten Mal seit langer Zeit hatte sie ihre Ruhe wiedergefunden, und die wollte sie nicht verscheuchen.
Schließlich aber, als sie spürte, wie hungrig sie war, und sah, dass sie kein Geld mitgenommen hatte, ging sie rüber in Erikas Café.

Drinnen erwartete sie eine Überraschung: Sie waren alle da.
Erika sowieso, die Wirtin, aber auch Helga, Serviererin aus alten Zeiten, die längst gekündigt hatte, und Gabi, die Freundin, die in den Westen ausgereist war vor etlichen Jahren, und eine Gisela, früher Lehrerin in der Schule von

gegenüber. Es war eine Frauenrunde, so früh am Tage, ganz wie in alten Zeiten.

Erika hatte ihre Fenster aufgeschoben, das waren nun neue Fenster, sie reichten bis auf den Boden, so saß man beinahe im Freien, denn die Frauen hier drinnen wollten diesen frisch ausgebrochenen Lindengeruch auch keine Minute versäumen.

Man trank Sekt schon am Morgen, der aber inzwischen ein Nachmittag war, wie Elisabeth Schlosser wiederholt belehrt wurde, und immer noch waren die vergangenen Wochen wie weggeblasen, alle Ängste und schrecklichen Träume. Ähnlich erleichtert schienen auch die anderen Frauen am Tische zu sein, denn »Frauentag!« rief die Lehrerin, wie ein Frauentag früher, so komme ihr das vor, und glücklich lachte die ganze Runde und lärmte und rauchte dabei.

Auch Elisabeth Schlosser hatte sich eine Zigarette angesteckt, es war Gabi, die austeilte, freigebig wie immer und immer noch blondiert und zu dick, wie sie selber sich fand. Was wurde gefeiert? Die Rente.

Gisela, die Lehrerin, war mit dem heutigen Tage vorzeitig aus dem Schuldienst entlassen, und Gabi würde ebenfalls bald in die Rente gehen, das hatte sie noch nicht schriftlich, aber es stand fest, so sagte sie, und es sei ein hartes Stück Arbeit gewesen, und die Lehrerin, die ihren *Bescheid* herumreichte und darum bat, dass nichts Nasses die Buchstaben verwischte, die sagte das auch: »Ein hartes Stück Arbeit.«

Anfangs gab die Lehrerin den Ton an, malte das nunmehr freie Leben sich aus, krank vor Wut sei sie trotzdem, wenn sie bedenke, wie alles kaputtgemacht worden war in ihrer Schule, was die Lehrer da aufgebaut hatten, und wie der ganze Osten vor den Kindern in den Dreck gezogen würde, über den sie nur Schlechtes gesagt bekämen. Gerade gestern habe sie eine getroffen, eine ehemalige Schülerin, und der ernst in die Augen gesehen: »Das wirst du doch nicht etwa glauben?«

Elisabeth Schlosser erzählte vom Aufwachen, heute, im Baulärm, und Gabi unterhielt die Runde mit der Geschichte ihrer Ehe, was die Geschichte eines Trinkers war, der ihr zwanzigtausend Mark schuldete und den sie nicht mehr in ihre Wohnung ließ. Gabis Vortrag war berlinisch wie immer, was hieß, dass man lachen musste, lachen sollte sogar, so wie früher. Aber früher war's ringsherum laut gewesen, auch hatten die Gäste an den Tischen schnell mal gewechselt, weil jeder noch irgendwohin strebte und nur kurz mal hier drinnen sich blicken ließ. Das Angebundene irgendwo, das war zu spüren gewesen, das mit etwas Verbundene, worüber ja auch zu erzählen war, und nun war es verschwunden, die Hitze des Gefechts sozusagen nicht mehr vorhanden, kein Juchzen und Kichern von links oder rechts, und Gabi sprach leiser als früher, wo doch gar niemand zuhören konnte von den Nebentischen.

Es war Gabis übliche Geschichte, die sich nur in dem Punkte verändert hatte, dass sie nicht mehr fragte, was sie heute Abend tun sollte oder morgen früh, wenn sie ihm wieder gegenüberstände, diesem Mann, nein, das war nun vorbei. Ähnliches hatte sich bei allen am Tisch hier ergeben – sie kämpften nicht mehr.

Jede hatte einmal ihr Lebensglück an einen Mann gehängt, und damals war täglich Neues zu berichten von enttäuschten Erwartungen. Jetzt genügte ein Hinweis auf alte Geschichten, man wusste Bescheid.

Es hatte sich also nicht viel ereignet. Welten waren zusammengebrochen in diesen vergangenen Jahren, na gut, aber sie hier am Tisch waren alleine geblieben wie damals schon, damals ja eigentlich schon. Nur Helga, die als Serviererin jeden Gast auf seine Wünsche hin ansprechen konnte, bevor der den Mund noch geöffnet hatte, weil sie ein gutes Gedächtnis hatte und dazu noch ein Lächeln für jeden, war als Einzige am Tisch in erster Ehe immer noch glücklich verheiratet. Die schwieg zu den Männergeschichten, auch das hatte sich nicht verändert, und so erwartete Elisabeth Schlosser jeden Augenblick, dass die Kinder zur Sprache kamen, aber so war es nicht.
Der Suff war ein Thema. Dass nicht mehr so viel getrunken würde wie damals im Osten.
Erika meinte, das Bier sei zu teuer geworden, Gabi wiederum, die Leute hätten sich nichts mehr zu sagen, die seien schön stille geworden, weil sie eins aufs Maul gekriegt hätten.
So rätselhaft der Ausspruch auch war, es wurde dem nicht widersprochen.
Elisabeth Schlosser zum Beispiel fühlte sich verstanden. Eins aufs Maul gekriegt! – So war es gewesen. Sie hielt den Augenblick für gekommen, von ihrem Sohn zu erzählen.

Wie er eines Tages in ihre Wohnung zurückgekehrt war und nicht mehr arbeitete, wie er begann, die Kümmelkörner von den Brötchen zu kratzen und nur diese zu essen, und dann nicht mal mehr diese Körner und gar keine Körner und wie er sie böse ansah seitdem und zuletzt noch ihr sagte, sie sei die Falsche gewesen, die Falsche.

Eine Sekunde vielleicht war es still, aber »Nein!« riefen alle, und das klang wie ein hallendes »Naaaaaiiiiin!« im Café. Sie wolle sich doch nicht die Schuld geben?

»Loslassen!«, hörte sie die Frauen rufen, als ob sie von einem brennenden Hause in ein Sprungtuch irgendwo unten sich fallen lassen sollte, das war aber klein, dieses Rettungstuch.

»Loslassen!«

Elisabeth Schlosser hatte solchen psychologischen Kram nicht erwartet in diesem Café. Sogar Erika sah sie das Wort rufen, die wollte damit wohl das Thema beenden, die anderen aber meinten es ernst, dass sie genug getan hätte für den Sohn. Genug hätte sie getan, und was sie selber getan hatten für ihre Kinder, das kam nun alles heraus: das frühe Aufstehen und der Gang zum Kindergarten noch halb in der Nacht, die Wartezimmer der Ärzte und Wadenwickel und Hustentropfen und stundenlang anstehen für ein Pfund Bananen, und Verzichten auf dieses, Verzichten auf jenes, und arbeiten, überhaupt arbeiten gehen für so wenig Geld, und so ging es weiter und war zu Elisabeth Schlossers Verwunderung dasselbe Sortiment an Versorgung, das ihr selbst eingefallen war.

Enttäuscht beharrte Elisabeth Schlosser nicht mehr auf dem Wort »falsch«, »die Falsche«, sagte stattdessen, dass sie den eigenen Vater wohl immer zu wichtig genommen habe, die Männer überhaupt.
Gleich rollte ihr eine Welle der Zustimmung entgegen über den Tisch: Jawohl, so sei es gewesen!
Und schon erschienen die Frauen jetzt weniger als die nickenden, tröstenden Wesen, als die sie eben noch die Köpfe sich zugewankt hatten. Gabi zum Beispiel, von der man doch *alles* haben konnte, zumindest die Zigaretten, die sie am laufenden Bande den ganzen Abend über verteilte, Gabi, die sah nun sekundenlang wie eine Tigerin aus und redete wieder von ihrem Trinker und den zwanzigtausend verlorenen Mark und was sie dafür getan habe, um das überhaupt noch erleben zu dürfen, und so ging es fort in der Runde. Die Frauen waren wieder bei den Männern angelangt, und also bei ihrer eigenen traurigen Überlegenheit, es war ihnen einfach nicht beizukommen.
Sie waren die Guten. Irgendwas stimmte nicht.

Elisabeth Schlosser spürte es daran, dass sie nicht wagte, von dem zu reden, was vor ihrer eigenen Geburt sich abgespielt hatte, ebendieser älteren Schwester Olga, die sie hätte haben können und die sie von Anfang an auf dem Buckel trug, wie sie inzwischen sich sagte, und diese Gerda gleich mit dazu.
Hätten sie es lächerlich gefunden, die Frauen, oder verrückt? Hätten sie geschrien, dass sie alle schon einmal abgetrieben hätten und wo kämen wir denn da hin?

Elisabeth Schlosser hätte es gerne gewusst, nur zu gerne hätte sie es gewusst, und begann also doch, begann mit ihrem Vater, dem Juden und Kommunisten, und spürte schon beim ersten Satz, dass es ein Fehler war, denn gleich war es still am Tische.

Das Judenschicksal konnte ja nun nicht für alles herhalten! So saßen sie da, die Frauen, erstarrt, als ob sie auch daran noch schuld sein sollten, aber das sagten sie nicht.

Sie murmelten etwas über die Gegend hier, wo ja viele Juden schon mal als Touristen langgingen und andere Juden Häuser besäßen, ja, viele Häuser, es war ein seltsames, leeres Gerede, als ob Polizei mit am Tische säße, sie trauten Elisabeth Schlosser nicht. Nicht mehr.

Nicht mehr in diesem Moment. Die begann sich zu rechtfertigen. Es gehe ihr nicht um die Juden, aber was sie erzählen wolle, das hänge nun einmal mit denen zusammen, es gehöre dazu, wäre sie sonst im Ausland geboren, sie selber? Denn hier in Berlin wäre sie nie geboren, oder dann gleich auch getötet worden, so sei es nun mal, und wie sie es sagte, bereute sie es sofort, denn nun hatte sie das Gefühl, dass auch ihre eigene Geschichte niemals hätte geschehen dürfen, oder wenigstens niemals erzählt.

Waren die anderen so sicher, dass sie hatten leben sollen?

Dieser Gedanke flog Elisabeth Schlosser an, als sie zu Gabi sah, Hilfe suchend im Grunde. Gabi war die Frau in der Runde hier, von der sie am meisten wusste, aber da musste sie gleich wieder wegsehen, so alleine saß die am Tisch. Gabi sagte nichts.

Man war immer noch bei den Juden.
Die Juden!
Hatten andere kein Pech? Unglück? Tragische Lebensläufe? Mussten es immer die sein, die die Filme, Romane, Tragödien aller Art bevölkerten, Mitleid erheischend?
Elisabeth Schlosser wusste das selber, es war ihr zu viel wie den anderen auch hier am Tisch, aber dann sollten sie doch rausrücken mit ihrem eigenen Leid, dann sollten sie es doch sagen! In diesem Sinne wurde sie auf einmal laut gegen Erika, denn gerade die, als die Wirtin hier drinnen, hätte sich ja interessieren können, für den Vorgänger zum Beispiel, zum Beispiel für diesen, wenn er verschwunden war und seine Frau. Was war da eigentlich los gewesen, wo waren die abgeblieben?
Erika verwahrte sich gegen die Frage, wollte im Gegenteil wissen, warum Elisabeth Schlosser immer auf diesem Fall rumhackte, immer auf diesem! Die meinte, ihr sei neuerdings nicht geheuer, hier drinnen, als ob es hier spuke, im Keller vielleicht, und es kämen ihr eben hier solche Gedanken, was bei Erika den Ausruf hervorrief, dann solle sie lieber nicht herkommen, es reiche ihr langsam, die alten Geschichten, zumal mit den Juden, und alles nur, weil sie als Wirtin nun gerade mal hier die Kneipe gefunden hat, weil sie hier nun gelandet ist – aber auch das war alles daneben und lief an der Sache vorbei.
Es ging hier auf keinen Fall um die Juden und auch nicht um Zigarettenschieber, es ging um was anderes, aber was war das?
Die Geschichte von Olga und Gerda war auf jeden Fall nicht gut angekommen.

Elisabeth Schlosser hatte sie vielleicht falsch erzählt, aber was wäre richtiger gewesen? Nein, es fiel ihr nichts ein. Es fiel Elisabeth Schlosser jetzt nur ein, dass sie zurücklaufen wollte in ihr grünes Haus, wo alle ihre Möbel vielleicht schon hinausgeworfen im Schutt lagen oder das Treppenhaus herausgerissen im Hof und sie nicht mehr hochgelangen konnte, einfach gar nicht mehr hoch in den dritten Stock! Sie dachte an ihre Wohnung, die wahrscheinlich jetzt schon verlorene Wohnung, und die S-Bahn, den Bahnhof, den Bahnhof im Schnee.
Ja, der Schnee fiel ihr ein, dieser verschneite Winter, als sie noch einmal zu dritt dort zu Hause waren, der Mann und der Sohn und sie selbst und die kleine grüne Dose, mit der sie sich hatte hinaustreiben lassen, hinaus in die Welt, und seitdem war wohl alles zusammengebrochen, was sie noch mühsam gehalten hatte, auf ihren Händen gehalten wie die rosa gestrichenen Karyatiden die Decke des Treppenhauses gehalten hatten, die vielen Jahre – Elisabeth Schlosser heulte, und so heulend lag sie halb auf dem Tisch oder zerfloss auf der Eckbank, auf jeden Fall brauchte sie Taschentücher und Zigaretten, ja, Zigaretten wollte sie auch!
Deswegen war Helga aufgestanden und zum Tresen gegangen, aber Helga suchte und suchte, sie kramte in den Regalen herum und verschwand immer tiefer im Dunkeln, und da war es Elisabeth Schlosser, die sich erhob – oder, umgekehrt, ging sie zu Boden?
Sie hörte jemanden »links!« rufen, »links!«, das war Erika, die am Tische sitzen geblieben war, »links!«, aber da stand Elisabeth Schlosser jetzt schon am Tresen und sah nicht Helga in den Regalen kramen und bedauernd den Kopf

schütteln, nein, eine andere Frau – die alte Wirtin war das, die Frau von Karl, dem Wirt. Und gleich nutzte Elisabeth Schlosser jetzt die Gelegenheit, nach dem zu fragen, nach ihrem Mann. Denn im letzten Berliner Adressbuch von 1943, da würde sein Name nicht stehen.
Na, er habe ja erst 1942 den Laden genommen, das habe sich dann eben überschnitten mit den Anmeldungen, meinte die Behr, damals hätte sie ihn ja erst kennengelernt, und da sei er noch nicht geschieden gewesen.
Und nun trat auch Erika ran an den Tresen und verlangte, dass Helga die Tür schließen sollte, die Türe zur Küche, es zieht, rief Erika, und auch Elisabeth Schlosser bemerkte das Luftige hier ringsherum, eine luftige Dunkelheit war es hier drinnen, und nun schienen ja doch viel mehr Menschen im Raum, ja, das Café war voll, und die kannten sich alle und wussten auch jeder von jedem, das war plötzlich klar. Ein selbstverständliches, allgemeines Wissen war in dem Raum.
»Was ist hier eigentlich los?«, fragte Elisabeth Schlosser und sah Erika an, die schwieg, aber das allgemeine Wissen im Raum sagte es ja: Karl Behr hat Säcke voll Zigaretten im Keller!
Der Kohlenträger hat es gesehen, das sagte das allgemeine Wissen, das flog Elisabeth Schlosser einfach so zu, aber weil das so war, sagte Helga hinter dem Tresen streng: »Die Zigaretten waren rechtmäßig zugeteilt.«
Die hatte das also gewusst, dachte Elisabeth Schlosser, aber sie selber wusste es ja auch, und in dem Augenblick hatte Elisabeth Schlosser das Gefühl, es kommt noch was, irgendwas kommt noch, und da geht die Tür auf: der Jude.

Alle kennen den ewig schon, der ist von hier, und Karl heißt der auch, und ebenfalls Behr, nur kein H in der Mitte – Beer heißt der Mann.
Er ist es, der jetzt im Wirtschaftsamt sitzt und vergibt die Gewerbescheine. Wer Nazi war, kriegt keinen. Dabei gibt es hier keine Nazis. Niemand, aus tiefstem Herzen niemand ist Nazi, das sagt das allgemeine Wissen hier im Raume, und die alte Frau Behr sagt es auch: »Warum sind Sie gekommen?«
Na, echt mal, warum, in der Ortslage hier, gegenüber vom Friedhof, das muss er doch merken, dass er provoziert, denkt Elisabeth Schlosser.
»Aber Sie kennen sich gut?«, fragt jetzt die Wirtin, ja, welche nun eigentlich, welche von beiden? Und wieder sieht Elisabeth Schlosser alle Augen auf sich zurasen, alle Gesichter und Köpfe und offenen Münder, ein Wind schiebt Elisabeth Schlosser regelrecht zur Tür, und sie sieht aus der Nähe die Augen von diesem Karl Beer. Nicht jüdisch, nicht halbjüdisch, nein, einfach nur böse und nah.
Hatte sie »Ja« gesagt?
Von diesem Augenblick an ging das allgemeine Summen und Reden eines Cafés wieder los, Geschirrklappern, Klappern von Brettern, nein, eher Metall. Stimmen. Die Bauarbeiter. Elisabeth Schlosser lag in ihrem Bett.

Was war vorher gewesen? Heulkrampf und Gabi.
Gabi hatte sie bis zum Hackeschen Markt begleitet, wo sie das grüne Haus in eine Plastikplane gewickelt vorfanden, das Treppenhaus intakt, die Wohnung unversehrt.

Der Strom war abgestellt, aber es gab noch Wasser aus der Leitung, eine funktionierende Toilettenspülung auch. Sie hatten das alles mit Kerzen erkundet, das war Helgas Idee gewesen, weiße Haushaltskerzen, und da lag ja auch eine auf dem Schränkchen neben dem Bett – eine halb heruntergebrannte weiße Kerze.

Alles andere war nur ein Traum. Jetzt war es klar. Komischer Traum.

Beim Aufstehen am nächsten Morgen fand Elisabeth Schlosser die Briefe nicht mehr. Wahrscheinlich im Café vergessen.
Sie hatte einen Gedanken aufzuschreiben nach dieser Nacht, es war wichtig, sie wusste es, aber da kamen Männer an ihrem Fenster vorbeigelaufen, wo sie doch im dritten Stockwerk wohnte, und so begriff sie, dass dort vor ihren Fenstern ein Gerüst errichtet wurde, vergaß ihren Gedanken und balancierte zehn Minuten später bereits über Balken und Schutthaufen, um alles nachzuholen, was sie am Tage zuvor versäumt hatte.
Der Bauleiter war ein Franke, sie erkannte es an seiner Aussprache, und wenn es auch nicht der Augenblick war, über Nürnberg und Bamberg zu reden, die Kniescheiben und Beerenkuchen, die dort in der Gegend gebacken wurden, oder das fränkische Bier, so war er ihr doch sympathisch.
Fassungslos stand der Mann kurz darauf, ein junger Mann übrigens, er hätte ihr Sohn sein können, in ihrer komplett eingerichteten Wohnung, setzte sich sogar in den alten

Sessel vor Überraschung und schüttelte nur noch ratlos den Kopf.
So hatte Georg Schlosser zuletzt darin gesessen, gleich lief sie wieder in die Küche, um Tee zu kochen, aber da war er schon weg, kam mit drei Männern zurück, mit Bauzeichnungen, Zollstöcken, Zimmermannshämmern.
Sie verglichen die Zeichnungen auf den Bögen in ihren Händen mit Elisabeth Schlossers Räumen, klopften die Fußböden ab, zeigten sich die Ecke für den Fahrstuhl, die herauszureißenden Wände, den Platz für die Küche – die Küche würde versetzt –, und schließlich blieb ein Zimmer übrig, ein einziges, das von der Bautätigkeit verschont bleiben würde. Übrigens war es das Zimmer des Sohnes.
In dieses Zimmer sollte Elisabeth Schlosser alles schieben, was sie besaß, es abschließen, ihm den Schlüssel geben und gehen, sagte der Bauleiter.
Unbefugten sei das Betreten der Baustelle verboten, weder am Tag noch in der Nacht könnte er für ihre Sicherheit garantieren. Sprachs und verließ die Wohnung. »Ade.«
Er hatte »Ade« gesagt, dieses altertümliche Wort, das sie in Franken noch immer benutzten, er hatte sich um ihr Wohlbefinden gesorgt!
Verblüfft setzte sich Elisabeth Schlosser nun selber in ihren Sessel und war damit für mehrere Jahre der letzte Benutzer dieses Möbelstücks. Danach verschwand er unter Schränken und Regalen im Nebenzimmer, denn es ging hier nicht um irgendjemandes Wohlbefinden.
Es ging um die Planen vor den Fenstern, den Kran vor dem Haus und das Kreischen und Hämmern unter dem

Dach und im Parterre, es ging um den Staub und den Putz, der im Treppenhaus bereits auf die Stufen prasselte. Es ging um das Letzte, was sie besaß: den Ort.

Als der erste Brocken Putz Elisabeth Schlosser vor die Füße fiel, war es Abend geworden, dunkel in dem eingewickelten Haus.
Elisabeth Schlosser zahlte die Studenten aus, die sehr geschickt das Zimmer des Sohnes beinah bis zur Decke vollgepackt hatten, nur in der Mitte versteckt unter Schränken und unter Regalen befand sich ein Hohlraum, ein buntes und weiches Nest.
Pro Person fünfzig Mark zahlte Elisabeth Schlosser, sagte »Ade« und verschloss den Raum. Den Schlüssel behielt sie bei sich.
Das mit dem Schlüssel, das hatte Zeit, denn sie hatte nicht im Geringsten vor, ihr Haus zu verlassen.
Der Bauleiter würde an anderes zu denken haben als ausgerechnet an dieses Zimmer im dritten Stock, und so war es auch.
Die nächsten Wochen lebte Elisabeth Schlosser am Tage draußen, im Lindengeruch, nachts stieg sie leise die Stufen zu ihrer Wohnung empor, und diese besonderen Wochen im Juli begannen an diesem Abend, als sie zunächst einmal in das Café schritt, um ihre Briefe zu finden.

Das Café war dunkel gewesen, die Türen verschlossen, aber als Elisabeth Schlosser den Hof des Hauses betrat, sah sie Licht in der Küche brennen und klopfte ans Fenster. Eine Hand schob die Gardine zur Seite, dann hörte

sie, wie die Tür zum Hausflur geöffnet und ihr Name gerufen wurde – das war Erika.
Die stand da im Morgenrock, es ging ihr nicht gut.
Dass man sich überhaupt noch erkannte, in diesem verquollenen Zustand. Etwas in dem Sinne murmelte Elisabeth Schlosser, die ja am Ende ihrer Kräfte war, nach diesem Tag, und Erika meinte das auch. Komm rein.
Elisabeth Schlosser fragte nach den Briefen, aber die waren Erika nirgendwo aufgefallen. Einen Kaffee könne sie kriegen, aber holen müsse sie sich den alleine, denn sie selber liege im Bett, und schon schlurfte sie um einige Ecken in einen hinteren Raum, wo auf einem Sofa zerknautschte Kissen lagen und eine Decke aufgeschlagen war.
Wohnte sie neuerdings hier? Nein, sie hatte ihr Haus doch am Stadtrand.
Und übrigens sei es verboten. Gasträume und Wohnung müssten in Deutschland durch feste Wände getrennt sein, zitierte sie eine Vorschrift, die es früher nie gegeben hatte, aber das sei auch egal, denn wie sollten die so was merken, die Kontrolleure?
»Ein Sofa in Ehren«, so kicherte sie unter dem Deckbett hervor, »kann keiner verwehren!« In jeder Küche sei es erlaubt. Sogar zwei seien erlaubt.
Tatsächlich stand an der gegenüberliegenden Wand des Zimmers ein zweites Sofa. Nein, solange sie es sich hier nicht zu sehr gemütlich machte – »und diese Gefahr besteht nicht!«, rief sie, »diese Gefahr besteht nicht!« –, solange könnte das niemand merken. Polizeilich sei sie woanders gemeldet, natürlich.

Sie war offensichtlich immer noch nicht ganz nüchtern. Das zweite Sofa war mit Decken und bunten Kissen vollgepackt, und auch bunte Sofakissen gingen eine Gaststättenkontrolle nicht im Geringsten etwas an. Elisabeth Schlosser sollte es sich da drüben ruhig bequem machen. »Beine hochlegen!« – und das klang wie ein Angebot zur Versöhnung, und Elisabeth Schlosser nahm es an, nach diesem schrecklichen Tag.

Denn schrecklich war es ja gewesen, die schöne Ordnung ihrer Wohnung auseinanderzureißen und alles zusammenzustopfen in einen Raum, der Raum allerdings war gerettet, die ganze herrliche Wohnung, und das war das Wichtigste heute. Sie sagte es kurz, während Erika ihr gegenüber nickte unter der Bettdecke und nickte und einnickte schließlich.

Wie schnell sie Elisabeth Schlosser auf das Sofa expediert hatte und sich selber dann in ihre Decken gewickelt! Sie hatte sich offensichtlich gefreut, dass jemand gekommen war. Eine behagliche, schlampig-behagliche Stimmung stieg von der schlafenden Erika auf. Elisabeth Schlosser starrte eine Weile in deren Richtung, bis sie sich auf die Seite drehte. Es war bereits acht Uhr abends. Man schlief.

Als Elisabeth Schlosser aufwachte, brannte immer noch Licht im Zimmer. Auf dem Sofa gegenüber schnarchte Erika. Um das Licht auszuschalten, stand Elisabeth Schlosser auf, ging dann in die Küche, füllte sich ein Glas Wasser ab und spazierte damit ins Café.

Dort schien die Straßenlaterne in die großen Fenster. Es sah wie bläuliches Mondlicht aus auf allen Tischen und Stühlen.

Draußen der Bürgersteig war leer und der Friedhof gegenüber, die Grünanlage, dunkel. Wieder fiel ihr das Wort »gemütlich« ein, wie damals, als sie mit Rosie hier saß, und dass sie im Traum schon mal auf den Platz dort geguckt hatte, diesen freien Platz dort gegenüber, aber da war der hell gewesen.

Ja, beinahe wäre sie hier im Hause bei Manne schon eingezogen, daran dachte Elisabeth Schlosser so verschlafen bei Nacht im Café und warum der sich gar nicht mehr blicken ließ. Niemand als Manne Schubert hat dringender von ihr verlangt, das Königsdrama endlich zu schreiben, was hatte er damals gewollt? Sollte sie die Regierung stürzen, seine Frau werden, in den Westen gehen und dort im Fernsehen auftreten?

Hier im Café war alles denkbar gewesen, aber wenn man dann rausging, die Straße betrat, dann schüttelte man sich wie ein nasser Hund, wie ein Mensch, der zu stark geschwitzt hat im Traum, man schüttelte sich und lief schnell davon, und nachts wollte niemand hier sein.

Sie hörte Schritte näher kommen, und weil Elisabeth Schlosser fürchtete, es könnte sie jemand sehen, im Laternenlicht, so einfach neben dem Gehweg sitzen, stand sie auf und kehrte zurück in die Küche, wo ein ziemliches Durcheinander herrschte.

Aufgeschnittene Brötchen neben der Zeitung von gestern, darunter ein butterbeschmiertes Messer, die Post und die Steuererklärung.

»Erika Hubschmidt, geborene Behr«, las Elisabeth Schlosser, ohne es zu wollen, beim Auseinanderschieben von

Brot und Papieren sah sie es unübersehbar dort stehen: geborene Behr. So war das also.
Wenn Erika niemals gesagt hatte, dass sie mit Karl, dem Wirt, verwandt war, dann war der auch mehr als ein Schieber gewesen, dann hatte Erika ihre Gründe gehabt, davon zu schweigen. Und weil Elisabeth Schlosser selber Angst gehabt hatte, von ihrem Vater zu erzählen, die ganzen Jahre, verstand sie es gut und lag nun wach zwischen ihren Decken und Sofakissen.
Aber auch Erika schnarchte nicht mehr. Elisabeth Schlosser rief ihren Namen und erhielt Antwort – ja, sie war wach, konnte auch nicht schlafen. Konnte immer gut einschlafen, aber drei Stunden später, da sei sie schon wieder wach.
Das kannte Elisabeth Schlosser auch, das kannte sie gut, so flüsterte sie zurück, aber es habe einen Grund, wenn's nicht geht, und sie habe den Grund ja erzählt, gestern Abend. Und übrigens hätte sie in der vergangenen Nacht von dem Café geträumt und seinem alten Besitzer, Karl Behr, und dem anderen Karl, dem vom Wirtschaftsamt, zum zweiten Mal schon davon geträumt und so deutlich, als ob die noch leben würden.
Da hörte Elisabeth Schlosser die Erika drüben auf ihrem Sofa auflachen, nein, die lebten nicht mehr, da könne Elisabeth Schlosser ganz ruhig sein, da seien ganz andere drüber gestorben, ganz andere, und dann hörte man ein Gähnen und Schnaufen aus ihrer Richtung, sie wollte es wohl noch einmal versuchen, wieder einzuschlafen, und Elisabeth Schlosser mit ihren Entdeckungen lag da und betrachtete die Zimmerdecke. Sie dachte daran, dass

das hier das Hinterzimmer von dem Café war, in dem Mutter und Tochter doch offensichtlich gewohnt hatten, und wie alt wohl das Sofa war, auf dem sie lag, und ob Karl Behr diese Tochter der Wirtin hier drinnen verführt hatte und wieso sie im Traume erfahren konnte, dass der Mann erst im Jahr '42 hier auftauchte und damals verheiratet war, und ob das auch stimmte und was das mit ihr nun zu tun hatte, mit Elisabeth Schlosser im Jahre 2000, und als sie an diesem Punkte angekommen war, schlief sie ein.

Als sie erwachte, saß Erika schon in der Küche und war dabei, die vom Vortag noch aufgeschnittenen Brötchen mit Butter zu beschmieren und sich in den Mund zu stopfen. Auf dem Küchentisch herrschte die Unordnung der Nacht, und auch die Steuererklärung war nicht weggeräumt, ganz im Gegenteil. Kauend nickte Erika, als Elisabeth Schlosser auf den Namen zeigte, den Namen Behr, sie nickte, und als sie das Brötchen hinuntergeschluckt hatte, endlich, glaubte Elisabeth Schlosser, sie würde ihr antworten, und das tat sie auch.

»Du bist ja immer noch die Falsche«, sagte sie, und das sollte ein Scherz sein, aber Elisabeth Schlosser wollte das wissen, warum Erika es niemals erzählt hätte, diese Verwandtschaft.

Weil das niemals ein Ende nehme, gerade mit ihr nun, Elisabeth Schlosser, mit ihren Fragen. So wie damals der Jude vom Wirtschaftsamt, ja, das müsste sie nun auch mal sagen dürfen, dass das alles ganz ähnlich ihr langsam vorkommen würde! Und ob sie vielleicht auch den Keller noch sehen wollte, davon sei doch die Rede gewesen, nicht wahr? An einem so herrlichen, sonnigen Morgen – »so eine Scheiße!«. Erhob sich und ging zur Kellertür, riss sie auf. Da habe sie ihren Gruselkeller, ein tiefer gemauerter Keller sei das, mit einer Stiege, die niemals erneuert worden war, weil Eichenholzbohlen nicht faulten, nicht moderten und auch nicht brachen, auch wenn die Kohlenträger ihre Säcke runtertrugen, über Jahrhunderte, jawohl, und andere sogar Zigaretten! – »Solche Scheiße!«

»Es zieht«, sagte Elisabeth Schlosser. Das war ein ruhiger Satz und wurde genauso beantwortet. »Ja, komisch«, sagte Erika Behr, und so standen sie beide im Luftzug und zwischen den Möglichkeiten, sich so vertraut wie früher anzureden oder so böse wie jetzt.

Dann wurde es Erika offensichtlich zu kalt in der Tür, und sie schlug sie zu. Warum hatte es Elisabeth Schlosser früher niemals interessiert, wer sie war?

Da sei doch alles anders gewesen, sagte Elisabeth Schlosser, damals habe Familie doch keine Rolle gespielt.

Aber da verzog Erika Behr ihren Mund – bei ihr schon, bei Erika Behr!

Auch wenn sie nur die Nichte gewesen ist, von diesem Karl, immer hätte jemand kommen können und wieder mit dieser Geschichte anfangen, Karl Behr, der Nazi, nicht wahr? Im Osten hatte sie sich deswegen gar nicht zum Studium beworben, sie hatte abhauen wollen in den Westen, ja, ihr ganzes Leben ließe sich auch von diesem Punkte aus erzählen, aber gesetzt mal den Fall, es wäre ehrlich gemeint, die Nachfrage, diese späte, was sollte das Ganze? Warum bohrte sie jetzt nun in dieser Richtung, Elisabeth Schlosser?

Weil ihr unheimlich war, seit sie aus Polen zurück war. Im Café hier müsste sie neuerdings immer an diese alte Geschichte denken von den beiden Karls, die verschwunden waren, an deren heimlichen Kampf, aber früher, da sei es nur eine Geschichte gewesen, jetzt dagegen – wie die den Juden angeguckt hätten, die Cafégäste hier drin!

Welchen Juden? Nein, Erika Behr verstand es nicht.

Was ihren eigenen Sohn anging, da habe Elisabeth Schlosser Jahre vergessen, Jahre, das habe sie doch selber zugegeben, warum frage sie da nicht nach?

Aber das könne sie ihr ganz genau sagen, warum: Damals habe sie mit Sicherheit nur Augen für irgendeinen Kerl gehabt! »Wir alle!«

Nach der Scheidung, da wär's doch erst losgegangen, das sei doch bei allen dasselbe gewesen, und was für Rosinen sie alle im Kopf gehabt hätten, diesen Wahn, dass es immer nur besser werden müsse, immer besser und besser, die nächste Beziehung, nicht wahr?

»Wir waren frei«, sagte Elisabeth Schlosser, und dass man es keinem mehr vermitteln könne, diese Freiheit, die sie mal hatten im Osten als Frauen, als Geld keine Rolle spielte und Ansehen auch nicht, kam aber nicht weiter, denn sie sollte jetzt sagen, was das mit Nazis zu tun habe – gar nichts, und schon gar nichts mit der Familie Behr, worauf Elisabeth Schlosser nach Erikas Tochter fragte und zur Antwort bekam, Erika habe sie rausgeworfen. Sie habe rumgemacht mit Erikas früherem Freund, aber das Ganze sei zehn Jahre her.

Erikas Tochter war Elisabeth Schlosser als ein Mädchen mit Schulranzen in der Erinnerung. Ein Mädchen, das manchmal im Café in der Küche gestanden hatte und sich ein Eis geholt oder ein Wiener Würstchen, von denen Erika ja bis heute am meisten verkaufte, von diesen Würstchen, die ein Kind nach der Schule sich holt und verschwindet.

Der Stammtisch hatte der Wirtin zur Geburt ihrer Tochter einen großen Strauß Blumen geschenkt. Elisabeth Schlosser hatte die Blumen ins Krankenhaus gebracht und laufen müssen, weil alle Straßen der Innenstadt für den Verkehr gesperrt waren wegen einer großen Parade jubelnder junger Leute. Eine größere hatte es niemals gegeben, das waren die Weltfestspiele und also das Jahr '73. Also war die Tochter vor zehn Jahren höchstens mal siebzehn gewesen, ja, sechzehn vielleicht erst. Ein Kind!
Man schwieg.
Es war dasselbe bedrückte Schweigen wie abends im Café, als sie von Olga und Gerda erzählt hatte, daran dachte Elisabeth Schlosser, und jetzt fiel es ihr wieder ein, was sie morgens im Bett hatte aufschreiben wollen, nämlich das: Es hatte ja niemand auch nur ein Wörtchen verloren darüber, wie traurig sie war, die Geschichte.
Auch Erika ging das Schweigen wohl auf die Nerven. Sie murmelte, sie habe die Tochter viel zu lange als Kind noch betrachtet, die beiden hätten sich lustig gemacht über sie und sie habe das alles nicht ausgehalten. Ja, das konnte Elisabeth Schlosser verstehen, und nun, was war mit der Tochter? »Ach!« – Erika schüttelte nur den Kopf,

kramte dann in einem Schubfach des Küchenschranks nach Taschentüchern und putzte sich umständlich auch noch die Nase. Sie wollte also nichts weiter erzählen, und Elisabeth Schlosser stand daneben. Was hatte sie nun vermocht?

Alles aufgewühlt, und wie weiter? Sie schwieg und fühlte es regelrecht, wie unbeholfen das war, und deswegen fragte sie jetzt nach Gisela, der Lehrerin mit den drei Kindern.

Nein, bei Gisela war alles bestens. Tolle Kinder, mit Geld und mit Arbeit und fahren die Mutter im Auto spazieren, bei Helga genauso, sogar die behinderte Tochter hat kürzlich geheiratet, das sollte jetzt nicht gemein klingen, aber ihre eigene Tochter, die war auf einer Matheschule gewesen und hatte Klavier gespielt wie eine Prinzessin, und ihre Tiere hatte sie geliebt, stundenlang mit dem Meerschwein beim Arzt gesessen, und dann – »weißt du, was«, flüsterte Erika plötzlich, »sie hat's in den Bauch getreten!«

Dann kam der erste Gast, das Gespräch war beendet, Erika riss einem Plastikeimer mit Kartoffelsalat den Deckel herunter, warf Wiener Würstchen in einen Topf mit Wasser und schaltete das Radio ein.

Hitze schlug Elisabeth Schlosser entgegen, als sie die Tür des Cafés aufstieß, und es wurde noch heißer im Laufe des Tages.

In diesem heißen Juli, als die Arbeitszeit auf dem Bau sich täglich verlängerte, wie es ihr schien, fuhr Elisabeth nach Plötzensee, und das war am Stadtrand im Norden Berlins.

Bei Hitze also und greller Beleuchtung war Elisabeth Schlosser zwischen Kleingärten und Hecken gelandet. Zwar hatte ein Wegweiser mit der Aufschrift »Gedenkstätte Plötzensee« in eine Nebenstraße gezeigt, aber dann hatte es keine Wegzeichen mehr gegeben und sie hatte sich verlaufen, genauer gesagt, war sie vor einem riesigen Schornstein davongelaufen, der wie aus einem Krematoriumsbauwerk hinter einer Mauer hervorragte, aber genau dort, hinter einem schweren Eisentor, war sie gewesen, die Gedenkstätte – ein kleines Backsteinhaus mit zwei leeren Räumen.

Ob darin wirklich die Hinrichtungen stattgefunden hatten, konnte sie niemanden fragen, es hatte dort keine Aufsicht gegeben und Besucher auch nicht. In einem der beiden Räume hatte allerdings neben dem Eingang ein Bildschirm mit Tasten gestanden. Als Elisabeth Schlosser jedoch versuchte, den Namen Gerda Bruhn aufzurufen, gelang es ihr nicht. Von den Namen, die stattdessen erschienen, hatte sie keinen gekannt, wie ja auch niemand der übrigen Besucher den Namen Gerda Bruhn kennen würde, so dachte Elisabeth Schlosser und musste sich zwingen, nicht sofort wieder zu gehen, so verlassen war dieser Ort. Allerdings hatten auf dem Fußboden eines der beiden Räume zwei Kränze gelegen, und daneben legte sie ihren Rosenstrauß.

Ja, sie hatte Rosen gekauft, rote Rosen dort auf den Boden gelegt, neben eine Kranzschleife mit dem goldenen Aufdruck »Praha«, und hätte auch gern etwas mitgenommen, aber so sehr sie sich umsah, hier gab es nichts. Kein Blatt, keinen Stein, keine Handvoll Sand.

Der Raum war ebenso glatt ausgemauert wie der Hof davor und die Wände ringsum. Das Eisentor verschloss diese Todeszone, ein Schornstein ragte über die Mauer.
Elisabeth Schlosser hatte gelesen, dass Gerda Bruhn gefoltert worden war und geschwiegen hatte, drei Menschen hatte sie so das Leben gerettet, einer davon hatte es aufgeschrieben, dieser Mann war alt und in Ehren gestorben, daran dachte Elisabeth Schlosser hier drinnen, und dann fuhr sie mit dem Bus an den Kleingärten und der Spree entlang den ganzen Weg zurück, den es für Gerda Bruhn nicht mehr gegeben hatte.
Auf dem Sitzplatz am Fenster des Autobusses, in der Wärme nun wieder, die sie ganz vergessen hatte dort in der Hinrichtungsstätte – oder es war tatsächlich kälter gewesen dort drinnen, ja geradezu kalt –, dachte Elisabeth Schlosser daran, dass es der Rückweg war.

Spätestens an dieser Stelle hätte Elisabeth Schlosser einen Brief an Sonja Trotzkij-Sammler schreiben wollen, einen Brief an eine Frau, der die Toten und die Lebenden gleich gegenwärtig waren.
Gratuliere, hätte Elisabeth Schlosser geschrieben, ich gratuliere Ihnen von Herzen, dass Sie immer zu Ihrem Bruno gehalten haben, auch wenn er schon lange verschollen war und niemand auch nur seinen Namen kannte, ich gratuliere Ihnen – aber die Briefe waren verschwunden. Und so war es nur logisch, dass Elisabeth Schlosser niemand anderen fand, sich mitzuteilen, nach diesem Erlebnis, als ihren eigenen Vater.

Der war noch höher aufgesetzt in den Kissen als beim letzten Mal, ein Ventilator summte im Raum, die Fenster waren wegen der Hitze geschlossen, die Vorhänge zugezogen, es fiel ihm schwer, die Augen zu öffnen, aber er erkannte, dass sie es war, Elisabeth Schlosser, mit einem Kästchen Pralinen sogar, und er lächelte.
»Gibt es was Neues?«
»Ich war bei Gerda«, sagte Elisabeth Schlosser.
»Welche Gerda?«, fragte Heinz Weißenfeld.
»Gerda Bruhn«, sagte Elisabeth Schlosser, »erinnerst du dich?« Er sagte nichts.
»Es war ein schreckliches Haus«, sagte Elisabeth Schlosser, »ein Stall sieht genauso aus, rot.«

Was redete sie da? Er war hundert Jahre alt. Sie würde es nicht mehr erfahren, ob diese Geschichte wahr war oder ob sie nur reingefallen war auf Spinnerei. Spinnerei anderer Leute und ihre eigene auch.
Was sollten sie schon vermocht haben, damals, gegen diesen Führer und seine Armeen, solche riesigen, gut geölten Armeen, was sollten die da vermocht haben, ein Mann, eine Frau, so was wird übertrieben, dachte Elisabeth Schlosser, nachträglich aufgebauscht, logisch, und saß da und schwieg.
In dem Dämmerlicht dieses Krankenzimmers, in Wärme und Ventilatorenwind versuchte Elisabeth Schlosser also, die Sache sich kleiner zu machen, handlicher, einfacher auch, aber das ging nicht.
Denn wie er da in den Kissen lag, ihr Vater, war er seit fünfzig Jahren krank, seit fünfzig Jahren hätte er längst ge-

storben sein müssen, die Ärzte sagten es, und die Schwestern sagten es auch, aber er wollte nicht. Da war sie ja, seine Kraft.
Mit der gleichen Kraft hatte er seinen Genossen abgeschworen, für die er doch alles gegeben hatte, und wenn er das vermocht hatte, dieses Nein, dann war es von dort gekommen, von damals, von allem, was es gekostet hatte, und dann hatte es etwas gekostet.
So dachte Elisabeth Schlosser vor sich hin, in dem abgedunkelten Zimmer, und fühlte sich als eine Botin von Gerda Bruhn an diesem Tage oder gar als deren Tochter. Als Stellvertreterin also für eine gewisse Olga, die nicht hatte leben dürfen, und bemerkte erst ziemlich spät, dass dem Alten Tränen aus den geschlossenen Augen liefen.

Elisabeth Schlosser hatte ihren Vater niemals weinen sehen. Nicht, als seine Genossen gefahren kamen, um sein Parteibuch zu holen, nicht, als die Familie mit Bewachung die Sachen packen musste und die Wohnung verlassen, nie hatte er geweint. Und sie hatte auch nicht geweint. Nicht um den Umzug und nicht um die Wohnung, und um die Großeltern nicht und um die Tanten und Onkel nicht, die sie niemals gesehen hatte, und schon gar nicht um Gerda Bruhn.
Warum hatte er niemals von ihr erzählt? Aber es war ja klar, sie sollte in Frieden aufwachsen, ja, und es war ja auch Frieden in dieser Zeit.
»Ach«, da rührte er sich in seinen Kissen, hatte sie vor sich hin gesprochen?

Er hob die Augenbraue, die linke, wie immer, wenn er meinte, dass jemand etwas Falsches gesagt hatte oder geschrieben. »Frieden?«
»Wir hatten gesiegt.«

In diesem Augenblick wurde die Tür aufgerissen, zwei Krankenschwestern kamen herein, zwei sehr junge Schwestern, vielleicht waren es Schwesternschülerinnen, denn sie sahen Elisabeth Schlosser nicht oder taten so, als ob sie sie gar nicht sähen, wahrscheinlich wollten sie früher fertig werden mit ihrer Arbeit oder wagten es nicht, sie hinauszuschicken, auf jeden Fall schlugen sie schnell das Deckbett auf von Heinz Weißenfeld, schoben ein zweites Bett heran, weiß, fassten den Alten an Schultern und Beinen und legten ihn rüber aufs andere Bett, das Räder besaß, wie Elisabeth Schlosser sah, schwarze Gummiräder. Schnell taten sie das, ihre Haare flogen dabei hin und her, war es also nicht mehr Vorschrift, die Haare zusammenzubinden als Krankenschwester, zumal wenn sie lang waren? Elisabeth Schlosser sah den Vater aufgedeckt liegen, im kurzen Hemd und die Beine bläulich und dünn. Da griffen die beiden schon nach seinem Deckbett, zogen sie drüber und strichen sie glatt, diese Decke, die weiße. Der Vater hob seinen Arm und winkte Elisabeth Schlosser zu, denn nun wurde er auf den Gang geschoben, und als ob ihr ein Fisch aus dem Hemd rutschte, ein Ball aus der Hand, so rollte etwas hinterher.
Elisabeth Schlosser spürte es genau, etwas rollte weg, und ob das nun ein Gespenst war oder nur ein Windstoß in dem stickigen Krankenhausflur – jetzt war sie alleine.

Plötzlich hatte sie es eilig, in ihr Zimmer zu kommen, aber wie jeden Tag musste es erst dunkel werden, bis Elisabeth Schlosser es endlich wagen konnte, ihr dick eingestaubtes Treppenhaus zu betreten. Und während unten auf dem Platz russische Gitarrenspieler zum wiederholten Mal »Durchs Gebirge, durch die Steppen, zog unsre kühne Division« intonierten, ein Lied, das von den hier nachts Wein trinkenden Gästen als Folklore verstanden wurde, während eine junge Frau mit einem Dudelsack weniger Anklang fand und ein Leierkastenmann den Kellnern immer wieder im Wege stand, bis sie ihn in den Durchgang zur S-Bahn schoben, und das war also ein ziemlicher Zeitraum, wie man sich denken kann, suchte Elisabeth Schlosser oben in ihrem vollgerümpelten Zimmer nach der Postkarte, die der Abgesandte des Sohnes ihr überreicht hatte.
Sie fand sie schließlich in ihrem eigenen Bett unter der Matratze, sorgfältig aufbewahrt also. Es stand darauf »Missionsstelle der Franziskaner« und war eine Einladung zu Gesprächen über Brasilien.
Natürlich hatten diese Gespräche längst stattgefunden, und als Elisabeth Schlosser einige Tage später das Kloster besuchte, und zwar um die Mittagszeit, als bettelarm aussehende Männer und Frauen zur kostenlosen Essensausgabe heranströmten, war ihr Sohn nicht darunter.
Wie hatte sie annehmen können, den Sohn hier zu finden, wo er doch nicht essen wollte!

Eines Nachts erwachte Elisabeth Schlosser in ihrem vollgerümpelten Zimmer und fürchtete zu ersticken. Flackerte Feuerschein vor der Plane? Hörte sie Trommeln schlagen? Die Luft stand still in dem eingepackten grünen Haus.

Sie tastete sich aus ihrem gänzlich verbarrikadierten Bett hinaus und das Treppenhaus runter. Wärme schlug ihr entgegen, als sie die Plastikplane zur Seite schob.

Der Platz vor dem Haus leuchtete geradezu vor Lampen und brennenden Kerzen, alle Stühle der Kaffeehäuser waren besetzt, und es wimmelte von Menschen. Am Rande des Platzes tanzten junge Männer mit Töpfen, aus denen Flammen schlugen. Ihr gelbes und rotes Licht warf Schatten an die Wände der Häuser, es roch nach Petroleum und Ruß, in einem großen Kreis standen Zuschauer ringsherum. Elisabeth Schlosser drängte sich näher heran, sie wollte die Gesichter der Männer sehen, das tat sie bei jedem Bettler und jedem Straßenmusikanten, in der Hoffnung, dass es ihr Sohn sein könnte, aber er war nicht dabei, und dann stand sie nur noch als Zuschauer da, stumpfsinnig und verschlafen auch, im Rhythmus der Flammen und Trommeln.

Ein Mann in ihrem Alter hatte sich neben sie gestellt, er trug ein abgeschabtes Jackett und einen Ring an der rechten Hand.

Mit dieser Hand zog er ein Päckchen Zigaretten aus der Hosentasche, fingerte sich eine heraus, zündete sie an und hielt auch Elisabeth Schlosser die Schachtel hin. Die schüttelte den Kopf. Der Mann nickte, als ob er sich das gedacht hätte, und sagte leise, kaum zu verstehen: »Ich sehe Sie öfter. Kürzlich im Park?«

Natürlich, er hatte auf der Bank neben ihr gesessen, als die Bauarbeiten begonnen hatten, hatte er nicht von Polen geredet?

Elisabeth Schlosser wollte nicht angequatscht werden, auch nicht in so einer Nacht, die wie eine warme Suppe die Menschen verband, nein, in dieser Nacht nun gerade nicht, denn so aus dem Schlaf gerissen, fand sie es plötzlich ganz besonders blau auf dem Platz und so weich diese Wärme, dass sie wie im Wasser sich zu bewegen glaubte, wie im Wasser auch tauchte sie weg in die Nebenstraßen, und erst als es dunkler wurde und sie weit ausladende Äste über sich sah und Sträucher neben dem Trottoir, erkannte Elisabeth Schlosser, wohin sie gelaufen war: schon wieder das Café.

Diesmal stand sie auf der anderen Straßenseite, also dort, wo das Haus fehlte, und konnte nun sehen, was die früher gesehen hatten, wenn sie aus ihren Fenstern sahen: ein kleines Haus mit einem spitzen Dach.

Ein Gehweg aus alten Granitplatten lag davor, und hier, wo sie stand, genauso.

Hier hatten sie alle mal draufgestanden, oder waren gerannt, gesprungen, um sich zu verstecken vielleicht, oder Flüchtige einzufangen. Die schöne Stella zum Beispiel, die mit all den schicken Hüten, die sie getragen hatte, dem Tod auf der Nase rumtanzte und andere Menschen verriet, und der Lagerleiter genauso, trank sein Bierchen da drüben im Café, und der Wirt wiederum war mal herübergekommen, sich Arbeiter auszuborgen für paar Zigaretten, gerade diese Personen schienen Elisabeth Schlosser ziemlich anwesend in dieser warmen Nacht, während andere, die huschten nur so vorbei, einmal und nie wieder, das glaubte Elisabeth Schlosser zu spüren und sah zu dem Café rüber.

Um diese Zeit war es geschlossen.

Und trotzdem – brannte da Licht? Wurden die Vorhänge zugezogen?
Ebenso wie in der Nacht nach ihrer Ankunft aus Polen schien es zu leuchten, wie es da stand, so dass sie schließlich nur noch dorthin sah, so angespannt, als ob da noch etwas kommen müsste.

»Schön, nicht wahr?«, sagte eine leise Stimme neben ihr.
Elisabeth Schlosser sah sich nicht um.
»Da haben sie alle gesessen, da drüben.«
Es war eine Männerstimme.
»Karl, der Wirt, und der andere Karl und wahrscheinlich Ihr Vater genauso mit seiner Gerda.«
Wer war das? Elisabeth Schlosser musste sich umdrehen, das musste sie, wenn sie das wissen wollte, wer hier auf Gerda zu sprechen kam, außerdem stimmte es nicht, ihr Vater war nie in der Gegend gewesen, aber wiederum – woher wollte sie so etwas wissen, und was wusste die Stimme da neben ihr?
»Sie saßen auch drin, mit Georg Schlosser.«
Elisabeth Schlosser starrte das Haus an, da gegenüber, aber so ging es nicht weiter, sie musste, sie musste ihn ansehen, und so drehte sie den Kopf etwas zu ihm hin, steif und unfreundlich sah das aus, einen Eisbeinkopf hätte sie sich wohl selber in diesem Moment geschimpft, wenn sie sich nur gesehen hätte, aber sie sah sich ja nicht.
Sie stand, Elisabeth Schlosser, im Schatten von Bäumen, und drehte nur etwas den Kopf, nicht den Körper.
Es war der Mann von vorhin, der Mann, der ihr gerade

eben noch eine Zigarette angeboten hatte, der mit dem Siegelring und dem abgeschabten Jackett.
Mehr aus den Augenwinkeln erkannte sie ihn, aber der tat so, als ob er's nicht merkte, starrte selbst zum Café hinüber und redete weiter.
Behauptete, dass diesen Karl, den Wirt, die Russen geholt hätten, und der andere Karl sei bald danach mal böse auf einer Treppe gestürzt, und die alten Leute hier wüssten das noch, während Elisabeth Schlosser immer steifer wurde, ja, zu frieren begann, in so einer Sommernacht! – und das immerhin schien der Fremde zu spüren, denn auf einmal brach er das ab, dieses Plaudern, und sah sie an.
»Sie haben ja Angst vor mir.«
Gleich drehte sich Elisabeth Schlosser ihm zu, aber da ließ sich sein Gesicht nicht mehr deutlich erkennen, der Mann hatte sich abgewandt, er kramte jetzt in einem Stoffbeutel. Ja, er hatte einen Stoffbeutel über der Schulter hängen, da kramte er drin und da zog er was raus – eine bunte Mappe. Die Briefe!
Er hatte sie mitgenommen, dort auf der Bank! Er hatte sie alle gelesen!
Das hätte sie ihm sagen wollen, denn es war also gar nichts dabei an dieser Verfolgung und Hellseherei, aber er hatte sich schon abgewandt, er nickte schon wie zum Abschied und dass er sie nicht hatte stören wollen, hier so alleine, das hieß das wohl auch, dieses Nicken, und sagte dazu: »Übrigens bin ich kein Jude.«

Hatte sie laut gesprochen, vorhin? Schon wieder, wie kürzlich am Bett ihres Vaters? Führte sie Selbstgespräche?

Da sah sie ihn schon zurückgehen, dorthin, wo die hell beleuchteten Plätze waren. Schade.

In dieser Nacht war es so heiß geworden in Berlin, dass es minutenlang vollkommen still war in den voll besetzten Cafés und nur das Hecheln der Hunde zu hören war, die neben ihren Besitzern unter den runden Kaffeehaustischen sich ausgestreckt hatten.
Irgendwo in der Nähe der Spandauer Brücke erklärte Georg Schlosser seiner neuen Freundin – und das war eine Frau in sehr kurzem Kleid – die Welt, die eine harte und böse Welt war und von Männern beherrscht wurde, die Männer nicht leiden konnten, und von Frauen, die kein Gefühl hatten zu sehen, wie klein er war, Georg Schlosser, und keinen Mut, ihm das zu verzeihen.
Er schnipste dabei unablässig an den Gummibändchen ihres gerade mal so die Brüste bedeckenden Oberteils, und dieses Geräusch gefiel ihm so gut, dass sie sich etwas wünschen durfte dafür, und sie wünschte sich ein Schokoladeneis und dass er den Mund hielt.

Eine gewisse Gisela feierte in dieser Nacht ihren Geburtstag, und zwar im Kreis ihrer Kinder und unter dem freien Himmel eines Gartenlokals gleich hinter dem S-Bahnhof Hackescher Markt.
Es waren drei erwachsene Söhne und drei erwachsene Schwiegertöchter, dazu noch sechs Enkel, die alle an ihren Weingläsern nippend und Salzbrezeln kauend sich anhörten, wie sie das alles geschafft hatte, in dieser vergangenen Zeit, als Gisela ihre Söhne an der Hand genommen hatte,

nein, an den Händen!, und gegangen war, weg von dem Vater, der nicht am Tisch saß, woher denn, wozu?, und gerade setzte sie an zu einem Ausflug über gewisse Frauen, die sich in Frage stellten, aus lauter Verzweiflung, nur weil sie versäumt hätten – aber da wurde sie unterbrochen von einer Kellnerin, die ein Tablett voller Pokale herangetragen hatte und nun auf der von Kerzen erleuchteten Tafel abstellen wollte. Auch hier aß man Schokoladeneis.

In dieser Nacht stieg Manne Schubert in seinen Keller hinunter wie jede Nacht, um die Risse unter dem Hof zu betrachten, ob sie größer geworden waren, und zu seufzen und sich zu fragen, was um Himmels willen zu tun sei bei solch einem Schaden, ohne die Bauaufsicht anzurufen. Auf seinen Wegen durch all die Gänge, die sein Eigentum bildeten, erkannte er in der Wand, die an Erikas Keller grenzte, einen Spalt, so breit wie zwei Männerhände, und das konnte kein Riss mehr sein.

Hier war etwas eingemauert gewesen und nun herausgefallen, war den Verschiebungen in der Statik des Hauses erlegen, er sah es am Boden liegen: Ziegel und Knochen und verschimmelte blaue Papiere, holte einen alten Hanfsack, denn so was hatte er vorgefunden im Keller, so stark noch gewebte Friedensware, stopfte alles hinein, ohne hinzusehen, denn was man nicht weiß, weiß man wirklich nicht, ehrlichen Herzens nicht, nein, und stapfte damit seine Kellertreppen hoch und ein Stück weit weg um die Straßenecke, dorthin, wo am Hackeschen Markt gerade ein Haus verschönert wurde und wo die Container für Bauschutt standen, und warf seinen Hanfsack hinein.

In diesem Augenblick schepperten in den Altwarenläden der Gegend alle Tassen in ihren Regalen, es erzitterten die Blümchenteller und Suppenterrinen, die Kordeln an Hüten und Mänteln sogar begannen zu schwingen, und in der dritten Etage des grünen, in Plastik gewickelten Hauses zersprang eine kleine grünliche Dose aus Porzellan mit einem hohen, ja quietschenden Ton in zwei Teile.
Und wenn das ein Ausruf gewesen sein sollte, eine Antwort gar möglicherweise auf einen unerklärlichen Vorgang oder ein letzter Gruß, dann geschah er doch in einer Sprache, die niemand verstand, außer Rosie vielleicht.
Denn Rosie, ein Stück weit entfernt dort am Kurfürstendamm vor dem Bildschirm sitzend, tat seit Wochen nichts anderes, als Schleifen zu malen, wilde und sanfte und kleine und große. In allen Farben und Formen erdachte sich Rosie Muster aus Schleifen – und das war bereits für das Weihnachtspapier.
In der Hitze dieser Nacht war sie gerade bei einer grünen Schleife angekommen, mit einem Rand aus rosa und violetten Zacken, als sie einen hohen Ton hörte und an ihr Fenster trat.

Erika Behr aber saß in ihrem Café am Küchentisch und blätterte in einem Fotoalbum. Es war eins von der Sorte, die Familien nach dem Kriege nicht gern in der Wohnung bewahrten und später für immer vergaßen.
Es waren Hochzeitsfotos darin und ein dicker Mann mit Zigarre in Uniform, Gemütsmensch, und auch ein Mann am Tresen, und zwar hier drinnen, denn da war ja die Tür von der Küche zu sehen. Frauen – schick gemacht, eine

besonders, mit großem Hut, hatte je einen Mann rechts und links eingehängt, die sahen alle wie Schauspieler aus –, ja, lauter ihr vollkommen unbekannte Personen betrachtete Erika an diesem Abend, verblasste Figürchen aus einer längst vergangenen Zeit. Und wenn es so lange dauerte, dann wegen all der gut genähten Anzüge und Kostüme, wegen der Strümpfe und Absatzschuhe, und weil auf einigen Fotos sogar die Frauen den Männern auf dem Schoße saßen und sie auch noch anhimmelten!

Als alle Fotos durchgesehen waren, die letzten ja nur noch briefmarkengroß wegen Fotopapiermangel in der Nachkriegszeit, da lag da ein einzelnes, winziges, kleines mit gezackten Rändern, und darauf war ein Mädchen mit Schulranzen zu sehen, in kariertem Kleid.
»Das bin ich«, sagte Erika laut, steckte es in ihr Portemonnaie, riss dann alle die übrigen aus ihren Klebeecken, tat sie in eine Tüte, um sie Elisabeth Schlosser zu geben, aber die kam nicht.

*

Liebe Sonja!

Ihre Briefe sind wieder da! Unsere Briefe, nein, um es genauer zu sagen: meine Briefe an Sie, Sonja, ich habe sie wieder.
Wo sie sich befunden haben – keine Ahnung, ich weiß es nicht.
Ebenso wenig kenne ich den Menschen, der sie mir ge-

bracht beziehungsweise gestohlen hat. Leider: Er ist zu spät gekommen.
Ich habe jetzt keine Zeit mehr zum Schreiben, auch keinen Tisch oder Schreibmaschine, vor allem aber ereignen sich täglich Dinge, die mir das Schreiben unmöglich machen. Denn seitdem eine Freundin mir riet, bei mir selber zu forschen, anstatt nur nach Olga und Gerda zu suchen, da weiß ich im Augenblick nichts mehr zu sagen.

*

Aber das war nicht die ganze Wahrheit. Elisabeth Schlosser saß auf einer Bank im Park Monbijou und blätterte in ihren Briefen. Was sollte sie Sonja Trotzkij-Sammler schreiben?
Dass sie einem Mann begegnet war, vor ihrem Café, und Angst gehabt hatte?
Angst, mit dem Juden gesehen zu werden, diesem vermeintlichen Juden, der Nazis angezeigt hatte, hier in der Gegend, also auf seiner Seite zu stehen, ja, mehr noch, ihn anzusehen sogar, frei und offen ihn anzusehen, und dann würde er ihr gefallen, vielleicht, und dann würde sie »du« sagen, »du!«. »Da bist du ja«, möglicherweise?
Nein, sie hatte geschwiegen.
Sollte sie so etwas aufschreiben? Wie Luft hatte sie ihn behandelt, wie einen Bettler, der in der U-Bahn ganz nah an die Leute herantritt, aber die sehen ihn nicht, als ob es verboten ist, ihn zu erkennen, sollte sie so etwas aufschreiben?
Dass sie sich gebeugt hatte, einer Stimme gebeugt,

die sagte: Dreh dich nicht um. Tu es nicht, dann ist man alleine, oder Schlimmeres wird noch geschehen! Man zeigt keine Leute an, so! Und schon gar nicht unsere Leute, das sagte die Stimme, und das sagte sie schon, als Elisabeth Schlosser ein Kind war, und später, wenn von den beiden Karls mal erzählt wurde, da sprach sie genauso, die Stimme, und sie hat sich ihm nie an die Seite gestellt, dem vermeintlichen Juden, Elisabeth Schlosser, sie hatte geschwiegen.
Und die anderen?
Welche Gespenster latschten denen hinterher?
Es mussten ja welche sein, denn je länger Elisabeth Schlosser ihr eigenes Schweigen sich klarmachte, umso mehr schweigende, beklommene Gesichter tauchten auf, immer genau an der Stelle, wo sie weinen und schreien müssten, ja, weinen und schreien, aber nichts davon war gewesen, nein, ganze Alleen von stummen Gesichtern konnte Elisabeth Schlosser sich aufrufen, unfassbare allgemeine Erstarrung, und am Ende davon stand ihr Sohn. Und hatte er nicht ausgesehen wie ein Häftling? Ja, vor diesem Häftling hatte sie auch geschwiegen und leise sich davongeschlichen, den Flur lang in ihrer Wohnung.

Nein, sie konnte die Briefe nicht schreiben. Und an wen überhaupt? Diese Frau wusste ja ebenfalls nicht, wo ihr Sohn war, und hatte sich damit abgefunden. Wer sagte es denn, dass er in Tibet das Gras mähte?
Sie sagte es, seine Mutter. Sie wünschte es sich, während sie im Schnellzug nach Zürich dem Liebsten entgegenrauschte, was ja immer als schick galt, die Liebe – nein,

nicht Briefeschreiben, alles Kaputtschlagen wäre an der Reihe gewesen, aber sie hatte stillgehalten!
Sie wollte ja bei den Richtigen sein, jetzt sah sie es deutlich, Elisabeth Schlosser, und konnte nicht ruhig sitzen bleiben.
Stand auf und lief in der unglaublichen Hitze dieses Sommers durch die Innenstadt mit ihrer Erkenntnis, die sich wiederum Schritt für Schritt in einen gewaltigen Zorn verwandelte, weil sie geschwiegen hatte, einfach geschwiegen und sich der Stimme gebeugt, und weil die von ihr kam, die Stimme, die Angst, von ihr selber – da stieß sie an das alte Geländer der Spree. Und wie Elisabeth Schlosser hinuntersah in ihrer Wut, stand das Wasser da unten still. War es eingedickt in der Hitze seit Wochen?
Elisabeth Schlosser ließ ein Blatt von den Briefen hinunterfallen, und da lag es fest obendrauf auf dem Wasserspiegel und rührte sich nicht von der Stelle! – Ja, ein wahres Gleichnis für den Stillstand in ihrem Leben sah Elisabeth Schlosser dort unten zu ihren Füßen, unerträglich, und so versuchte sie es immer wieder, ließ ein Blatt nach dem anderen ins Wasser gleiten, bis sie endlich, endlich doch voranruckten, diese Papiere.
Langsam, sehr langsam, eins nach dem anderen, so wie ein Gänseschwarm, weiß und behäbig in langer punktierter Linie, zogen sie wohl in die Elbe hinein.

Es war dunkel geworden. Im Park Monbijou lagen immer noch Pärchen auf den Wiesen, man hörte es reden und lachen von dort, aber sonst war es ruhig, die Wege leer. Nur als sie den kleinen Tunnel unter der S-Bahn betrat,

sah Elisabeth Schlosser darin noch einen Bauarbeiter bei seiner Arbeit. Einen Anstreicher im weißen Maleranzug. Erst beim zweiten Hinsehen erkannte sie, dass der da Zahlen an die Wand malte, Striche, »6.-1.de.w«.
Als Elisabeth Schlosser auf ihn zulief, war er auf ein Fahrrad gesprungen und auf und davon, aber sie hatte sein Gesicht gesehen und seine Figur: ein dicker, unrasierter Mann, ängstlich sich noch einmal umschauend wie ein gejagtes Tier.

Einige Tage später erkannte sie ihn auf der Straße.
Es war in der Rosenthaler Straße, die man zu dieser Zeit, ohne zu zögern, die verkommenste in ganz Berlin-Mitte hätte nennen können, wenn da nicht noch die Brunnenstraße gewesen wäre. Aber die Brunnenstraße war ja die Fortsetzung der Rosenthaler, und so konnte man auch einfach sagen, dass es eben eine einzige Mist- und Dreckader war, diese Straße in Richtung Norden, bematscht und beklebt von oben bis unten, das musste ja sein Revier sein, natürlich! Und da stand er im weißen Maleranzug und malte in aller Seelenruhe und am helllichten Tage eine »6« über einen Hauseingang, und niemand störte sich auch nur im Allergeringsten an dem, was da drüben geschah, nur sie eben, Elisabeth Schlosser.
Wie in einem idiotischen Traum lief sie zu ihm und zeterte los, während der so Angeschriene ungerührt zusah und schließlich sagte: »Sie verstehen es nicht.«
Seine Arbeit sei von höherer Wertigkeit als die übrigen Schmierereien, und es ginge in den technischen Bereich, sein Anliegen.

Als ob sein Anliegen nicht gewesen wäre, die Häuser zu beschmieren und Bäume und Zäune und das Straßenpflaster sogar, und sie könnten sich alle nicht wehren dagegen, rief Elisabeth Schlosser, aber das müsste ein Ende haben, und nun fasste sie ihn sogar am Ärmel, sie traute sich.

Er schwitzte. Es war – im Dunkeln hatte sich das ja nur ahnen lassen – ein junger Mann, er war aufgeregt, das bemerkte Elisabeth Schlosser und wollte ihn nach seiner Adresse fragen, aber er würde keine haben. Eine eigene Wohnung auch nur mieten zu können, das war ein Luxus, das wusste sie selber am besten und fragte deswegen anders, sie fragte: »Haben Sie eine Wohnung?«

Er nickte, die Stadt bezahle ihn. Sie zahle ihm monatlich Geld.

»Wofür?«, fragte Elisabeth Schlosser, denn es konnte ja nicht sein, dass es dafür war, für diese Zahlen und beschmierten Matratzen, da sprach er es aus: »Dafür.«

Riss seinen Arm los, und mit dem Satz: »Ich arbeite vielleicht mehr als Sie!«, stieg er aufs Fahrrad, kurvte um das Gebüsch an der Ecke Steinstraße und war verschwunden.

Elisabeth Schlosser lief ihm nach, mit langsamen Schritten. Es war ein Ausklingen ihres Strebens, diesem Menschen das Handwerk zu legen, mehr nicht. Wenn es wahr war, dass die Stadt diesen Menschen als Künstler bezahlte, diesen jungen Mann, der offensichtlich den Verstand verloren hatte, dann hatten die anderen auch den Verstand verloren, die ihm das Geld zahlten, und sicherlich waren das auch junge Männer und junge Frauen, und wenn

das so war, dann war das der Gipfel von all dem Sinnlosen, das sie seit Wochen erlebte.
Bei diesen letzten, nicht mehr ernst gemeinten Schritten wurde es ihr klar, an dem Gebüsch Ecke Steinstraße. Um die Ecke würde sie nicht mehr gehen, es reichte.
Sie stand also vor dem Gebüsch, und es war ein Zaun davor, ein alter und schadhafter Zaun, ein Zaun aus den Zeiten, als sie hier mit Einkaufsnetzen und Kinderwagen vorbeigelaufen war, und das hieß, es hatte sich noch kein Käufer für dieses Eckgrundstück gefunden, auf dem einmal eine Bombe eingeschlagen war, und deswegen war hinter dem Zaun eine Wildnis entstanden, eine kleine, begrenzte Wildnis, so alt wie der Frieden hier in Berlin, so war das an solchen Flecken.
Da sie da stand, Elisabeth Schlosser, und sich zu verpusten bemühte, erkannte sie hinter Zaun und Gebüsch einen Bretterverschlag. Leere Plastikflaschen waren als Verzierung auf eine Balustrade genagelt, das sah gar nicht mal schlecht aus. Eine Bar.
Daneben eine Bank. Saß da jemand?
Da saß jemand, und den kannte sie auch, es war ihr Sohn.

Musste sie ihn retten?
Es lagen zwei Hunde neben ihm – zwei! –, aber die interessierten nicht. Elisabeth Schlosser berührte den Sohn an den Schultern, wie war sie reingekommen in diesen Garten, den Stall, aber das interessierte nicht, nichts, nur der Mann da, das Wrack auf der Bank, sie musste ihn retten, natürlich!
Aber da knurrte es irgendwo unten, ein Schlag traf

sie auch. Er hatte ihr die Hände weggeschlagen, mit einer Bewegung, er hatte noch Kraft, ja, er lebte noch, nur eben die roten Augen, das abgemagerte Wesen, die knochigen Schultern, sie musste ihn retten, natürlich, da schlug er noch einmal zu, kräftig.
Das war verboten. Eine Frau, eine Mutter, einen älteren Menschen zu schlagen – verboten, verboten, verboten!
Aber nicht diesen Augen. Denn die Augen, die ihr da entgegensahen, waren böse, der Mund war verklebt, die Haare, die Haare, ach, der ganze Kerl, das war nicht ihr Sohn, das war ein Gespenst auf der Bank, auf dem Grundstück, dem noch nicht bebauten, beschwerten, mit Steinen beschwerten Grundstück.
»Peter!«, rief sie, das war ja sein Name, Peter, schon immer gewesen, aber hier, wie ein Stück Papier flog er auf und davon, dieser Name, so lange nicht ausgesprochen, nicht angekommen, gleich weggeweht, im Straßenbahnquietschen und Hundegeknurre, der Name, sein Name: »Peter!«
»Verschwinde.«
Das war sein erstes Wort, aber egal, dachte Elisabeth Schlosser und sah mit Entsetzen, dass der Sohn sich ausstreckte auf seiner Bank und abwandte, einfach versteckte, den Kopf! Sie kann ihn nicht sehen, nicht ansehen, aber das muss sie jetzt, diesen Mann ansehen, logisch!
Sie streckt ihre Hände aus, und das sollte sie nicht, sie hat keine Ahnung, von Menschen nicht und nicht von Tieren, und da ist es passiert.
Einer der Hunde hat zugeschnappt, und nun schreit sie, und das ist jetzt echt.
Sie schreit, und so schreiend und Hunde abwehrend, tritt

sie mit dem Fuß nach dem Mann auf der Bank, sie rüttelt ihn, aber als er sich umdreht, da hätte sie ihn lieber nicht gerufen, so fanatisch sieht er sie an. Das ist kein Spaß mehr. Er will sie nicht. »Geh nach Hause.«
Aber das geht nicht. Niemals wäre Elisabeth Schlosser nach Hause gegangen in diesem Moment. Sie stand da und würde so stehen bleiben.

So hatte sie gestanden, wenn Georg Schlosser wieder mal gehen wollte, für immer, sich im Flur ihm entgegengeworfen. Dabei wollte er weg und sie ließ es nicht zu, sie wollte was retten, was wollte sie retten – die Liebe, das Glück, ja, ihr eigenes Glück, und der Sohn, nein, der Sohn hat das gar nicht gesehen, der war nicht dabei, der konnte nicht wissen, mit welcher Bewegung der Hand Georg Schlosser zur Tür zeigte damals und wie er den Kopf hielt, aber er wusste es jetzt, stand so da, ganz genauso wie damals der Mann, aber mit anderem Text.
Denn er brüllt, sie wäre doch immer gegangen, immer zu ihren Wichtigkeiten, das Wichtigere, es gab Wichtigeres, und ob sie sich endlich genug verwichtigt hätte, nein, das sagt er nicht, »verwirklicht« sagt er.
Genau dieses Wort gebrauchte der Sohn, und so wie er dastand, so klapprig und geisterhaft abgerissen, spürte Elisabeth Schlosser mit Entsetzen, dass er das glaubte – nur sie sei wirklich, sie, seine Mutter, so dick und so alt, wie sie war, und er sei schon beinahe nicht mehr auf der Welt, nicht mehr wirklich, nur halb oder mit einem Fuße vielleicht, mit einer Hand überm Abgrund.
Der Abgrund war sie?

Nein, die Wand, an die er sich klammerte, das entschied Elisabeth Schlosser sofort, und ohne sich dessen bewusst zu werden. Denn jetzt versucht er, ihr die blutende Hand zu umwickeln, mit einem Papiertaschentuch, völlig sinnlos schon wieder, das Stückchen Papier, und redet, er will sie nicht treffen, nicht hier, nein, nicht hier, da fällt es ihr wieder ein: Man trifft sich dort, wo man sich zuletzt gesehen hat.
Wir treffen uns dort, wo wir uns zuletzt gesehen haben.

Und dann verflüssigte sie sich, so kam es ihr vor, aber Elisabeth Schlosser fiel nur hin, fiel um, fiel in Ohnmacht, man kann es auch anders nennen: Sie erfüllte den Sachverhalt »Loslassen«.

Drei Monate später fuhr wie jede Nacht um diese Zeit eine seltsame Eisenbahn im Berliner Ostbahnhof ein. Sie bestand aus einer Lokomotive und acht eckigen, zwischen den weiß lackierten Supergeschwindigkeitszügen eines deutschen Reisebahnhofs an Zirkuswagen erinnernden Waggons in den Farben Dunkelblau und Burgunderrot. Als dieser Zug nach einer nachtlangen, schlingernden Fahrt im Bahnhof Katowice hielt, stiegen dort morgens um sieben nur zwei Personen aus – eine ältere Frau und ein junger Mann.
Man sah die beiden in großem Abstand voneinander über die Brücke laufen, die den Bahnhofsvorplatz überspannte, Kattowitz lag im Novembernebel, die Brücke war leer, die Geschäfte geschlossen.
Natürlich hätte es Möglichkeiten gegeben, die Stadt später

am Tage zu erreichen, aber es fuhren nur zwei direkte Züge von Berlin bis hierher, einer kam früh am Morgen in der Stadt an, der andere am Abend.
Elisabeth Schlosser, wie der Leser erraten wird, ist sie es, die gerade dort oben am Geländer vorbeizieht, hatte sich für Tageslicht entschieden.
Es sollte am Tage sein, was sie vorhatte, und der Sohn war zu der Reise bereit gewesen, vorausgesetzt, sie würde gebührenden Abstand halten von ihm, und so hatten sie ihre Kojen in weit voneinander entfernt gelegenen Abteilen dieser Zirkuswagen gehabt und stiegen auch jetzt wie zwei voneinander vollkommen unabhängige Strichfigürchen die Stufen zur Stadt hinunter.
Auf dem Straßenpflaster von Kattowitz angekommen, blieb Elisabeth Schlosser stehen, Peter Schlosser aber, der übrigens viel zu dünn angezogen war für diesen Tag, der hier bereits ein Wintertag war, stakste schweigend an ihr vorbei.
Dass er überhaupt bereit gewesen war, mit ihr zu fahren, war Rosie zu verdanken – alle Verhandlungen wurden schon seit Monaten über Rosie geführt –, und seiner eigenen Erinnerung an die vielen Gläser mit bunter Götterspeise vermutlich auch.
Fünf Uhr nachmittags würden sie beide das »Café Europa« aufsuchen, das war vereinbart, bis dahin aber galt es auszuhalten, wartend oder laufend, egal, denn sie sollte sich »ganz zurücknehmen«, das hatte ihr Rosie geraten.
Also blieb Elisabeth Schlosser unterhalb der Bahnhofstreppe erst einmal stehen und sah zu, wie der Sohn sich entfernte.

Ganz selbstverständlich war er in die Straße zum Warenhaus eingebogen, wo gerade ein Wägelchen mit Mohnbrezeln herangeschoben wurde und ein Auto hielt, um Schaffelle und Hausschuhe auszuladen, was ihm keinen Blick wert war, die dunklen Gänge in die Höfe dagegen betrat er sofort, darin war er ganz ihr Sohn.

Elisabeth Schlosser lief also alleine und wunderte sich: Kattowitz hatte sich verändert.
Die flachen Glaskästen waren aus den Durchgängen zu den Höfen verschwunden, stattdessen hatten riesenhafte Schuhgeschäfte eröffnet, eines am anderen, und als sie näher kam, leuchteten gut bekannte Namenszüge durch den Nebel: »Douglas«, »Diesel«, »Morgan« und »Orsay«. Die Fußgänger liefen einen scharfen Schritt, etliche rannten beinahe, und das blieb so den Tag über und steigerte sich sogar noch gegen Feierabend. Da man dunkel gekleidet war, sah das Ganze zwischen dunklen Gebäuden und dunklem Himmel ihr bald wie ein zappelnder Stummfilm aus, schwarz-weiß und beschleunigt.
Lag es an den vielen zurzeit gerade modernen Steppjacken, dass Elisabeth Schlosser an Revolution dachte? Hatten die Dokumentaraufnahmen aus dem revolutionären Petersburg nicht ähnliche Bilder gezeigt, war es nicht eine Revolution in Steppjacken gewesen?
Überflüssiger Gedanke – die Leute hier waren offensichtlich stolz auf die Zeichen des Westens in ihrer Stadt, denn als sie kopfschüttelnd vor der Drogerie »Rossmann« stehen blieb, und das war ein enttäuschtes Kopfschütteln, machte eine Passantin eine freudige Geste und hätte auch

noch erklärt, um was es sich handelt, aber da beschleunigte Elisabeth Schlosser ihren Schritt, wodurch sie am halbrunden Warenhaus ein Stück zu weit links vorbeischrammte. Sie stand nun vor einem Bauzaun, hinter dem drei gewaltige Fäuste aus Bronze in die Luft ragten, oder waren es Wolken?

Drohend ballte sich jedenfalls etwas Wichtiges dort in die Luft, und das war auf jeden Fall ein Denkmal. Möglicherweise klang auch dort hinter dem Zaun noch einmal das Thema der Revolution an, aber darauf hätte Elisabeth Schlosser gerne verzichten können. Sogleich folgte ein anderes, gewaltiges Bauwerk, rund war es und hell beleuchtet, ein modernes Kolosseum, so schien es Elisabeth Schlosser, für die alle moderne Architektur immer noch diese Wurzel hatte.

Eine menschenleere Zone nach der anderen war also zu durchschreiten an diesem Morgen, wahrscheinlich hatte der Nebel diese Desorientierung verursacht, auf jeden Fall sah Elisabeth Schlosser diesmal ein Kattowitz voller Baustellen, Neubauten, Zäune.

Da die Wege hucklig wurden, erinnerte sich Elisabeth Schlosser an Erzählungen, wonach der Boden unter der Stadt gänzlich unterhöhlt sei und manchmal ein Haus oder ein Kleingarten auch einfach eingesackt wäre, verschwunden in einem Kohlenschacht. Elisabeth Schlosser trat also vorsichtig auf, wo das Pflaster sich wölbte – man wusste ja nie.

Zwar war sie zermürbt von der nächtlichen Fahrt und hatte in jüngster Zeit ohnehin jeden Schrecken verloren vor dem eigenen Ende, aber den Nachmittag, diesen

Nachmittag heute, von dem sie nicht wusste, was sie sich davon erhoffte, diesen Nachmittag wollte Elisabeth Schlosser auf jeden Fall noch erleben.
Wo sie bis dahin herumlief, das war ihr gleichgültig, und so blieb sie erst stehen, als sie in eine Straße geriet, die so breit war, dass sie die andere Seite nicht mehr erkennen konnte, und so gerade, als ob sie direkt in den Horizont hineinliefe.
Das hätte jetzt Moskau sein können, Moskau!, dachte Elisabeth Schlosser mit Schaudern, kehrte dem Anblick den Rücken und lief zurück, nun allerdings in noch schärferem Schritt, womit das neuerdings unglaubliche Lauftempo der Katowicer ihr nun auch erklärlich wurde.

Ja, die Stadt hatte sich verändert. Und vielleicht würde sie ja große Zeiten vor sich haben, gewaltige Zeiten, vielleicht würde sie einmal Hauptstadt werden von etwas, was heute nicht absehbar war, aber vielleicht war sie auch schon einmal Hauptstadt gewesen und das alles war eine Erinnerung, diese Bauwerke, diese modernen, eine unklare, starke Erinnerung, wer konnte das wissen?
Elisabeth Schlosser jedenfalls war froh, nun zurückzustreben zu ihren vertrauten Ecken und Winkeln.
Gegen Mittag umkreiste sie den Bahnhof. Diese Gegend ließ sie aufatmen, und gleich schlug sie die Richtung ein, wo sie damals im letzten Moment den alten Kattowitzer Bahnhof entdeckt hatte, Elisabeth Schlosser. Zwar grauste ihr, diesen trostlosen Platz noch einmal erleben zu müssen, aber die Füße liefen dorthin, zu dem leeren Hotel – da war es verwandelt!

Die ganze entsetzliche Ecke wie aus dem Ei gepellt neu, und im Vorbeigehen erkannte Elisabeth Schlosser eine Eingangshalle aus rotem Holz und aus schwarzem Marmor. Und im Fußboden – sah es nicht aus, als ob unter Glas dort vertieft Mosaiken glänzten so wie in Pompeji, in Gold und in Weiß: »Hotel Monopol«?
Nein, sie konnte nicht glauben, was sie da sah, lief aber eilig um Ecken, wie damals, sie erreichte wieder den Platz, diesen großen, der immer noch Marktplatz hieß, Rynek, und da sah sie den Sohn, seine dünne Gestalt!
Peter Schlosser steuerte das halbrunde Warenhaus an, er lief in die Straße, in der ja das Café stand, »Café Europa«, aber das war zu früh!
Er würde vergeblich davor stehen und ein zweites Mal nicht wieder hingehen wollen, da war er verschwunden.
Elisabeth Schlosser sah auf die Uhr: vierzehn Uhr dreißig, und als sie endlich davor stand, da sah sie das Café geöffnet und voll!

Leicht verraucht die Luft, überall Blattpflanzen, die sich aus der Nähe als Kunstblumentöpfe erwiesen, Reklametafeln neben den Spiegeln und Ramsch auf dem Tresen. Das Café war, wenn man's so nennen will, preiswerter jetzt, aber billiger auch, und die Treppe zu den Balkonen war offen. Gesichter blickten von oben runter, dort oben war alles besetzt!
Wo saß der Sohn? Saß er überhaupt? Ja, hinter der Tanzfläche unten parterre, dort, wo die Tische noch frei waren.

Elisabeth Schlosser lief in die Richtung und machte jetzt einen Fehler, den ersten Fehler – sie setzte sich einfach dazu.
Lief er weg? Nein. Peter Schlosser starrte über den Fußboden, diesen glänzenden, herrlichen Fußboden, der aus polierten Steinen gelegt war, in Rhomben, so beige, so weiß, eine Tanzfläche, eine schöne. Über diesen Boden hinweg sah er zur Straße, zur Bar vor den Fenstern und zu den Balkonen, den Lampen, den leuchtenden Kugeln, er schwieg.
Natürlich.
Seit der Begegnung an der Ecke Steinstraße hatte er kein Wort mehr mit ihr gesprochen, er schwieg, aber er war mitgekommen.
Der Kellner brachte die Speisekarten. Es war derselbe Kellner, der sie im Frühjahr bedient hatte, es gab jetzt hier Sonderangebote, und Elisabeth Schlosser, die gewaltigen Hunger hatte, bestellte sich einen Teller mit Fisch und Kartoffelkroketten. Peter Schlosser bestellte sich Tee und dazu einen Calvados.
Warum ausgerechnet Calvados? Und würden die hier so was haben?
Aber ja, der Kellner trug schon das Tablett heran, wie ein richtiger Kellner aus richtigen Zeiten kam er über den glänzenden Boden gelaufen, es war die Geste, die ihn so altmodisch machte, eine Geste der Sehnsucht, der Sehnsucht des Gastes, dass die sich erfüllt in dem Augenblick jetzt, wo er eilig sich nähert, und für Elisabeth Schlosser war es das erste Aufatmen an diesem Tage. Aber wie weiter?

Sie wusste es nicht. Ihr riesiger Teller sah bedrohlich aus neben seinem zarten Glas Tee, und leise nahm Elisabeth Schlosser diesen und setzte sich weiter weg von ihm, setzte sich vorne ans Fenster, wo sie schon einmal gesessen hatte, sah hinaus auf die Grünanlage gegenüber. So verging eine Stunde und eine zweite, das war's. Nichts geschah.
Was hatte sie denn erwartet?
Es war eine Pause gewesen. Eine Ruhepause, auch das war schon gut. Und vielleicht hatte sich Peter Schlosser daran erinnert, wie er hier mit anderen Kindern die Treppen zu den Balkonen hoch- und runtergelaufen war, und an die Süßspeisen in den Vitrinen, an die Kindheit eben, die nicht die schlechteste war, ganz und gar nicht, oder hatte ihm Rosie erzählt, was Elisabeth Schlosser vermutete?
Das »Café Europa« als einen Ort seiner Urgroßeltern, der Vorfahren und des Großvaters auch? Sie erschrak, als sie sah, dass er zahlen wollte.
Er hatte kein Geld! Sie hatte zwar Zloty eingetauscht, aber vergessen, ihm welche zu geben. Die Begegnung mit Georg Schlosser fiel ihr ein, die Kellnerin, der das Tablett aus der Hand fiel – sollte der Ausflug so enden?
In diesem Moment sah Elisabeth Schlosser die Frau aus einer Tür kommen, diese Frau, die damals im Frühling ein rotes Kleid getragen hatte, und jetzt schien es ihr doch so zu sein, dass das damals zu kurz und zu auffallend war, aber egal, diese Frau lief zum Tresen, zu ihr also, und Elisabeth Schlosser, als ob sie Zigaretten kaufen wollte und die Streichhölzer auch noch dazu, stand schon davor.
»Was macht der Film?«, sagte die Frau, und Elisabeth Schlosser nickte, was hieß, dass alles in Ordnung sei, aber

dann wechselte sie die Ebene, so leicht ging das unter Frauen, sprach über den jungen Mann dort am Tisch, erklärte oder erklärte nicht, gab jedenfalls Geld, einen Schein, lieber zwei, zu viel also, sie hatte schon wieder einen Fehler gemacht!

Elisabeth Schlosser suchte die Toiletten auf. Zu ihrer Überraschung sah sie gut aus im Spiegel. Jung. War es die Kälte draußen, das Frische, oder wovon war sie so zusammengerafft, so wach plötzlich und mit glänzenden Augen?

Unpassend, wo sie doch hier vor reiner Verzweiflung einen Augenblick der Erholung gesucht hatte. Sie hatte ja alles falsch gemacht! Zuerst sich zu ihm an den Tisch gesetzt, dann das Essen bestellt, das ihn ja nur ekeln konnte, dann der Frau an der Bar zu viel Geld gegeben, und wahrscheinlich war er jetzt sowieso schon gegangen, wo sollte sie ihn dann finden?

Aber so im Spiegel sich ansehend, vergaß Elisabeth Schlosser zu weinen, schüttelte verwundert den Kopf und knipste schließlich das Licht an, denn draußen wurde es dunkel. Das immerhin entsprach ganz ihrer Stimmung.

Sie stand nun lange vor einem Waschbecken des »Café Europa« in Katowice. Ihr fehlte der Mut, in den Gastraum zurückzugehen, keine Kraft, dort nun wieder den Raum zu durchqueren, wenn er leer sein würde, der Sohn gegangen, und als sie die Tür öffnete, war es auch so.

Der Tisch, an dem er gesessen hatte, war leer.

Nun kamen ihr doch die Tränen, da sah sie die Frau von der Bar eilig zwei Teller mit Fleisch und Kartoffeln durch den Raum tragen, zwei riesige Teller.

Als ob sie fliegen wollte, so eilig tackerten ihre Absatzschuhe über den Tanzboden, und, jawohl, dieses Kleid, das sie trug, war zu kurz, viel zu kurz, da sah Elisabeth Schlosser, wohin diese Teller gebracht wurden, ganz in die Ecke, die hinterste Ecke, wo auch noch ein Tisch stand, dort flogen sie hin auf den Händen der Frau, und dort saß er ja – Peter Schlosser! Dorthin setzte sich auch die Frau.

Das durfte sie, sie war die Chefin, natürlich, aber so, wie sie reinhaute, jetzt, solchen Hunger hätte Elisabeth Schlosser ihr vor einer halben Stunde nicht zugetraut, und was war das?

Der Sohn neben ihr, Peter Schlosser, aß auch.

Ganz selbstverständlich sah sie ihn Messer und Gabel benutzen, sich Fleisch abschneiden, Kartoffeln zerquetschen, und reden, ja, reden und reden.

In welcher Sprache tat er das eigentlich, und war es jetzt falsch, dass sie näher kam, näher? Würde das Ganze als Traum sich erweisen, ein Traumbild, ein Wahnbild, ein Wunsch bloß, ein letzter?

Elisabeth Schlosser ging Schritt für Schritt auf den Tisch dort hinten zu, immer gewärtig, dass alles vorbei sein könnte, wenn sie ihn erreichte, oder zumindest die Miene des Sohnes erstarren, der Bissen ihm aus dem Gesicht fallen – aber nein!

Er sah sie und winkte, er wollte etwas sagen und sagte es auch, als sie vor ihm stand.

Er wies auf die Frau von der Bar, dass sie sich bekannt machen sollten, und stellte sie vor: »Sie heißt Olga.«

Sie hieß also Olga, und Peter Schlosser saß in ihrem Café, das »Europa« hieß, als ob er nie etwas anderes getan hätte als zu essen und dabei zu reden, und die Luft war voll von solchen Geräuschfetzen und Zigarettenrauch auch, aber in welcher Sprache der Sohn mit der neuen Bekannten nun redete, das war Elisabeth Schlosser entgangen.
Sie hatte zum Fenster gesehen, und in diesem Moment war dort eine Schneeflocke vorbeigeflogen, eine zweite und viele danach. Als sie das sah, wandte sich Elisabeth Schlosser weg von dem Tisch mit dem Mann und der Frau und hatte nun auch die Kraft, den ganzen großen Saal bis zu den Fenstern vorn zu durchqueren, wo ja ihr Mantel lag und die Mütze, und diese Sachen anzuziehen hatte sie ebenfalls die Kraft und dann das Lokal zu verlassen.
Zielstrebig lief Elisabeth Schlosser quer über die Straße zu der Grünanlage gegenüber, und dort auf dem Rasen konnte man sie nun stehen sehen, in ihrer Winterjacke.
Hatte sie gehofft, es würde jetzt jemand kommen? Der Fremde vielleicht, hier in Kattowitz?
Aber Elisabeth Schlosser guckte weder zu der Straßenecke mit dem halbrunden Warenhaus noch zu der Fußgängerpassage, nein, sie stand da und blickte nach oben, von wo dicke und dunkle Flocken herunterschwebten, wenn man hoch in die Luft sah, eine über der anderen und darüber die nächste, und über der waren in großer Höhe schon wieder unendlich viele Punkte zu erkennen, wie das eben ist, wenn so dicker Schnee fällt und aus verwirbelten Pünktchen ein Raum entsteht.

Je länger Elisabeth Schlosser auf dieser inzwischen weißen Rasenfläche stand, umso besser konnte sie sich ein hohes und breites Haus vorstellen, so wie es hier einmal gestanden hatte. Es schneite.